오이디푸스 왕

MINI BOOK
CLOUD
LIBRARY
44

오이디푸스 왕

Oidipous
Tyrannos

소포클레스 지음
엄인정 옮김

생각뿔

차례

오이디푸스 왕   7
안티고네   91
작품 해설   164
작가 연보   180

오이디푸스 왕

**Oidipous
Tyrannos**

〈등장인물〉

오이디푸스 테베(고대 이집트 수도)의 왕
사제
크레온 오이디푸스의 처남
이오카스테 오이디푸스의 아내
테이레시아스 눈먼 예언자
라이오스의 하인
코린트의 사자
사자 2
코러스장 객관적인 사실을 묘사하며, 오이디푸스를 동정하는 자

오이디푸스 오! 사랑하는 아들들이여!

아주 오래전 카드모스(페키니아의 왕 아게노르의 아들로 사라

진 여동생을 찾다가 훗날 테베의 왕이 된 자)의

새로 태어난 자식들이여!

도대체 왜 그렇게 앉아 있는 거요. 탄원자처럼

그대들은 양털실을 맨 나뭇가지를 들고서 말이오.

온 도시는 향 연기와 함께

구원을 바라는 기도와 탄식으로 가득하구나.

아들들이여, 나는 그것을

다른 이들의 입을 통해 듣는 것은 옳지 않다고 생각해

세상에 널리 알려진 오이디푸스가 이곳으로 왔노라.

노인이여, 이곳에서는 그대가 연장자라

그대가 이들을 대신해 발언하기 적절한 위치에 있으니

이들의 대변인이 돼 주시오.

두려워서인가요, 아니면

무언가를 바라고 여기 앉아 있는 것이오.

무엇이든 준비돼 있으니, 진정 이런 탄원에 연민의 정을

느끼지 않는다면 나는 괴로움을 모르는 사람일 거요.

사제 나라를 통치하시는 오이디푸스 님,

당신의 제단 가에 있는 우리가 나이가 얼마인지
그대는 보고 있나이다.
일부는 아직 멀리 날기에 연약하고 어리며,
일부는 나이가 들어 몸이 무겁나이다.
내가 제우스의 사제이듯
그들 역시 가려서 뽑은 사람입니다.
다른 무리는 양털 두른 가지를 들고
장터와 팔라스(로마 신화에 나오는 거인 중 한 명)의
두 신정 앞과 이스메노스강(로마 신화에 등장하는 강)의
신탁을 주는 재 곁에 있습니다.
직접 보시다시피 도시가 풍랑에 흔들리며
이제 심연으로부터, 죽음이 아직도 파도 밑에서
고개를 들지 못하기 때문입니다.
이 도시는 땅의 열매를 담은 이삭들이나
목장에서 풀을 뜯는 소 떼가 그러하며
여인들은 아이를 낳지 못하는 등
죽음에 가득 차 있나이다.
게다가 불을 가져오는 신이
적대적인 역병이 도시를 몰아가고,
카드모스의 집은 전염병으로 가득 차 비어 가고
어두운 하데스는 신음과 눈물로 가득 찼습니다.
나와 이 아이들이 그대의 제단 가에 앉은 것은

그대를 신으로 생각해서가 아니라
당신이 살아가는 동안 늘 있는 재난이나
신들과 접촉하는 일에서나
그대가 인간 중 으뜸이라고 판단해서입니다.
그대는 카드모스의 도성에 오셔서
우리가 잔인한 가수에게 바치던
피의 공물을 없애 주셨나이다.
그것도 우리에게서 무엇을 배우거나
암시받지 않고도 신의 도움으로
우리의 삶을 바로 세웠나이다.
모두 그렇게 말하고 생각하고 있습니다.
오, 만인의 눈에 가장 위대하신 오이디푸스 님,
이곳 탄원자로 온 우리가 그대에게 애원하오니
어떤 신에게서 음성을 들어 아시든,
사람이 알 수 있는 것에서 알아서든,
우리가 구원받을 수 있게 해 주십시오.
내가 알기로는 경험이 풍부한 이들의 계획은
대개 그 결과 역시 좋다는 것을 알고 있기 때문입니다.
살아 있는 인간 중 가장 비범하신 이여!
어서 이 도시를 다시 일으켜 세우소서.
그대의 명성을 지키소서. 이전에 보여 주신
예지 때문에 당신을 구원자라고 부르고 있나이다.

그러하니 그대의 통치로 우리가 처음에는 바로 섰다가
나중에는 넘어졌다고 기억하게 되지 않기를 바라나이다.
이 도시를 확고하게 다시 잡아 주시기 바랍니다.
당신은 그때도 좋은 징조에 따라
우리에게 행운을 가져다주셨던 것처럼
지금도 그와 같은 분이 돼 주십시오.
당신이 지금처럼 앞으로도 이 나라를 다스리고 싶다면
텅 빈 도시보다 많은 사람을 통치하시는 게 나을 겁니다.
성벽이든 배든 그 안에 사람이 살지 않으면
아무 소용이 없을 겁니다.

오이디푸스 오! 불쌍한 자식들이여!
그대들이 무엇을 위해 나를 찾아왔는지 알겠소.
그대들의 고통도 알겠소.
하지만 그대들이 고통스럽다고 해도
나처럼 괴롭지는 않을 것이오.
그대들의 고통은 혼자만 겪으면 되는 것들이지만
내 영혼은 도시와 나 자신과 그대 모두를 위해
신음하고 있으니 말이오.
그대들은 잠자면서 쉬고 있는 나를 깨운 것이 아니오.
오히려 내가 많은 눈물을 흘렸고,
수없이 많은 생각의 미로를 헤매고 다녔음을 알아주시오.
내가 잘 살펴 찾아낸 대책은 이미 실천했으니,

메노이케우스의 아들이자 내 처남인 크레온을
델피(그리스 고대 도시로 아폴론의 신전이 있던 곳)에 있는
포이보스(태양의 신 아폴론의 별명)의 집으로
보냈으니 말이오.
그에게 나는 어떤 행동이나 말로
이 도시를 구할 수 있는지 알아보고 오라 명했소.
크레온을 보낸 지 여러 날이 지나
그가 무얼 하고 있는지 크게 걱정하고 있소.
그에게 무슨 일이 일어났는지 필요 이상으로
오랜 시간이 흘렀으나 소식이 없으니 말이오.
그가 돌아오더라도 신께서 밝히신 모든 것을
내가 행하지 않는다면 나는 파렴치한 사람이 될 거요.

사제 정말로 잘 말씀하셨습니다. 방금 저자가
크레온이 오고 있다는 신호를 보냈으니까요.

오이디푸스 오! 아폴론 왕이시여!
밝은 크레온 얼굴처럼
그가 희망찬 구원의 소식을 가져왔으면!

사제 반갑고 기쁜 일일 것 같습니다.
그렇지 않다면 머리에 열매가 잔뜩 달린
월계관을 쓰지 않았을 것입니다.

오이디푸스 곧 알게 될 것이요.
이제 그의 말이 들리는 거리에 있으니 말이오.

왕자여, 내 처남이여, 메노이케우스의 아들이여,

그대는 우리를 위해 신에게서 어떤 소식을 가지고 왔는가?

크레온 좋은 소식입니다. 어려운 일이라도 끝이 좋으면

모든 것이 다 좋다고 할 수 있습니다.

오이디푸스 도대체 어떤 소식인가?

그 말로는 안심할 수도 두려워할 수도 없으니 말이다.

크레온 이들이 곁에 있는데도

알고 싶으시다면 말씀드리지요.

하지만 혼자 들으시러 안으로 드시면

저도 따라가겠습니다.

오이디푸스 여기 있는 모두가 듣는 데서 말해 다오.

내게는 나 자신보다

여기 있는 이들이 더 걱정되니 말이다.

크레온 그렇다면 제가

신께 들은 것을 말씀드리겠습니다.

포이보스 왕(아폴론)께서는 우리에게 분명히 명했습니다.

이 땅에서 자라는 오욕을 몰아내고

치유할 수 없을 때까지

키우지 말라고 하셨습니다.

오이디푸스 우리를 오염시킨 것은 무엇이며,

어떻게 정화하라 하시던가?

크레온 사람을 추방하거나

피는 피로 정화하라고 하셨습니다.

그 피가 우리 도시에 폭풍을 불러일으켰다고 합니다.

오이디푸스 대체 어떤 사람의 불운을

신께서 말씀하시는 것인가?

크레온 왕이시여! 당신이 이 도시를

원활하게 통치하시기 전에는

우리의 통치자가 라이오스(오이디푸스 아버지)였습니다.

오이디푸스 잘 알지만 우리는 서로 본 적이 없어.

크레온 그분은 피살되셨습니다.

신께서는 살해한 자에게 보복하라고 분명히 명했습니다.

오이디푸스 어디에 그 살인자들이 있는가?

그리고 어디서 이 범죄의 흔적을 찾을 수 있다는 말인가?

크레온 "이 땅에서."라고 신께서 말씀하셨습니다.

추적하면 잡을 수 있지만 놓아두면 달아나겠지요.

오이디푸스 라이오스가 살해당한 곳은

집인가, 들판인가, 아니면 다른 나라인가?

크레온 본인은 신탁을 받으러 델피로 간다고 했는데,

떠난 뒤로 집으로 돌아오지 않았습니다.

오이디푸스 그것을 본 이도 없단 말인가?

증언해 줄 전달자나 수행원도 없었단 말인가?

크레온 한 사람만 살아남고 모두 죽었습니다.

살아남은 자 역시 말해 줄 수 있는 것은 하나뿐입니다.

오이디푸스 그것이 무엇인가?

　　하나가 많은 것을 알려줄 수도 있느니.

크레온 그의 말에 따르면 도적들이

　　라이오스 일행과 마주치자

　　여럿의 사람이 그를 죽였다고 합니다.

오이디푸스 이 나라에서 누군가가

　　일을 꾸민 것이 아니라면 도적이 어떻게 감히

　　그런 일을 저지르겠는가.

크레온 모두 그렇게 생각하고 있습니다.

　　그 후 재앙이 닥치자, 죽은 라이오스의 원수를

　　갚으려는 이가 없었습니다.

오이디푸스 재앙이라니? 왕이 그렇게 되었는데

　　도대체 어떤 재앙이

　　그걸 조사하는 일에 발을 건단 말인가?

크레온 교묘하게 수수께끼를 내는 스핑크스가

　　불분명한 일은 제쳐 두고

　　발등의 불을 끄도록 한 것입니다.

오이디푸스 그렇다면 이제 내가 직접

　　진실을 규명해야겠네.

　　포이보스께서 고인을 염려해 주시고,

　　자제들 역시 마찬가지네.

　　그대들도 알게 되겠지만 나 또한 동맹자로서

당연히 이 나라와 신을 위해 복수에 가담할 것이오.

먼 친척을 위해서가 아니라 나 자신을 위해

이 나라에서 오욕을 흩어 버릴 것이니 말이오.

왕을 시해한 자라면 그가 누구든

나에게도 그럴 수 있을 테니까.

그러므로 그분을 돕는 것은 나 자신을 위해서요.

내 아들들이여! 그러니 그대들은 얼른 제단에서 일어서서

그 탄원의 나뭇가지를 들고서

누군가는 카드모스의 백성들을 이리로 모이도록 하시오.

내가 조치할 것이니

우리가 흥하거나 망하는 것은 신들의 도움에 달려 있소.

사제   오! 내 아들들이여, 우리 일어나자.

우리가 목적했던 일에 대해 이분께서

자진해 약속하신 그 일 때문이오.

우리에게 신탁을 보내신 포이보스께서는

부디 우리를 역병에서 벗어나게 해 주시길!

코러스 (좌 1)

제우스의 달콤한 목소리로 내려오는 말씀이여,

당신은 어떤 모습을 한 채 황금이 많은 델피에서

영광스러운 테베로 왔나이까?

나는 가슴 설레면서도 두려움에 떨며,

델로스(그리스에 있는 곳으로 아폴론과 아르테미스가 태어난

곳)의 치유자인

당신에게 경외심을 느낍니다.

당신이 내게서 빚을 갚으라고 요구하실지,

세월 따라 두루 돌아 다시 되풀이되는 것을

요구하실지 말해 주소서.

불멸의 목소리여! 황금 같은 희망의 자녀여!

(우 1)

먼저 그대를 부르나니,

제우스의 따님, 불멸의 아테네시여!

그의 자매이자 이 나라의 수호신으로 왕좌에 앉아 계신

아르테미스와 화살을 멀리 쏘는 포이보스도.

오오, 죽음을 막아 주는 세 겹의 방패막이여,

내게 나타나소서. 당신들이 이전에도 재앙을 막아

재난의 불길을 나라 밖으로 몰아내신 적이 있다면

이번에도 와 주소서!

(좌 2)

아, 아, 슬프도다. 헤아릴 수 없는 고통을 겪고 있구나.

내 백성들이 병들어 있는데, 나는 그것을 막아 줄

무기를 찾지 못하는구나.

영광스러운 대지의 열매도 성장하지 않고,

여인들은 아이를 낳으며 산고의 비명을 지르는구나.

그대는 볼 수 있으리라.

끊어진 목숨은 잇달아 날개 달린 새처럼
날뛰는 불보다 빨리 솟구쳐
서방 신의 강기슭으로 가는구나.
(우 2)
헤아릴 수 없는 죽음으로 도시는 죽어 가고,
도시의 자식들은 동정도 받지 못한 채
땅바닥에 죽음을 퍼뜨리며 누워 있습니다.
또 아내들과 많은 어머니도 여기저기 제단으로 몰려가
통곡하며 고통의 탄원자로 신음하고 있습니다.
구원을 비는 기도 소리가 높이 울리고
곡소리도 함께 들립니다.
오! 제우스의 황금 같은 따님이시여!
이를 막기 위해 고운 얼굴의 구원을 보내 주소서.
(좌 3)
그리해 잔혹한 아레스(로마 신화에 나오는 전쟁과 파괴의 신)가 지금 청동 방패도 들지 않고
들이닥쳐 와서는 고함을 지르며 나를 태우고 있으니,
아레스가 등을 돌려 이 나라를 황급히 떠나게 하시기를.
순풍 받은 암피트리테(포세이돈의 아내)의 큰 침실,
아니면 포구가 없는 항구로 트라케(그리스 북동쪽에 있는 지방으로 불가리아와 터키를 인접하고 있는 곳)의
파도 안으로 들어가 버리도록 하소서!

밤이 무엇인가를 남기면

낮이 뒤따라 거기에 들이닥치니.

오! 불을 가져다주는 번개의 힘을 다스리는 분이시여.

오, 아버지 제우스시여.

그를 당신의 벼락으로 없애 주십시오.

(우 3)

리케이오스 왕(늑대의 신)이시여,

바라건대 금실로 꼬인 시위에서

무적인 당신의 화살이 쏟아지기를 원하나이다.

우리를 적 앞에서 지켜 주시고, 우리를 도와주는 화살이

그리고 아르테미스께서 리키아(터키 남쪽에 있는 고대 그

리스 도시) 산들을 쏘다니시는 불타는 횃불도

쏟아지게 해 주십시오. 또 황금 머리띠를 하고

이 땅과 같은 이름으로 불리시는 포도주 빛 얼굴의

신도들이 소리 높여 부르는 바쿠스(포도의 신 디오니소스

를 일컫는 말)를,

마이나데스(디오니소스를 따라다니는 여신)와

동행하시는 이를 부르오니 타오르는 횃불로써

신 중 아무 명예도 없는 잔인한 신에

대항해 달라고 부릅니다.

오이디푸스 그대는 간청하고 있지만,

내 말에 따라 역병을 퇴치하려고 노력해야만

그대들은 질병에 의한 불행을 가볍게 할
방도를 찾을 것이고, 내가 이런 말을 하는 것은 '
나는 그 이야기와 사건을 전혀 모르기 때문이오.
나는 관련 없는 자로서 이것들을 공표할 것이오.
사실 나는 사건이 일어난 뒤 테베 시민이 되었소.
그대들 카드모스 백성에게 선포하노니,
그대 중 누구든 라브다코스의 아들 라이오스가
어떤 자에게 죽임을 당했는지 아는 사람이 있다면
내게 사건의 진실을 고하시오. 이것은 명령이오.
그리고 누군가 자신이 저지른 범행에 대해
두려워한다면 자수해 극형을 면하는 것이 좋을 것이오.
그는 아무 불쾌한 일 없이
이 나라를 떠나기만 하면 되오.
하지만 누군가 다른 나라에서 온 범인을
알고 있다면 침묵하지 마시오.
신고한 이에게는 상과 이익을 챙겨 주겠지만
그대들이 계속 침묵한다면, 누구든 자신과 친구가
염려되어 내 명령을 거스르는 자가 있다면
내가 어떤 행동을 취할지 알아 두시오.
나는 그 살인자가 누구든
내가 권력과 왕좌를 차지하고 있는 이 나라에서
누구도 그를 접대하지 말고, 말을 걸지 말고,

신께 드리는 기도나 제사에 그자와 함께하지도 말고,
성수도 뿌리지 못하게 해야 하오.
그리고 나는 파이톤 신의 신탁을 알게 되어,
우리에게 역병을 가져다준 이가 그자이니
모두 그자를 집 밖으로 내쫓기 바라오.
이렇게 함으로써 나는 신과 동맹자가 되려 하고 있소.
그리고 그 살인자가 단독 범행을 저질렀든
여럿이 저질렀든, 사악한 그자가 불행한 인생을
살다가 비참하게 가라고 저주를 내릴 것이오.
나에 대해서도 기원하겠소.
만일 그자를 내 집 안의 화롯가로 받아들이거나
내가 그걸 알게 된다면 내가 금방 그자에게
퍼부은 저주가 내게도 내려지기를!
또 그대들이 내 명령을 모두 행하기를 바라겠소.
나와 신을 위해. 신의 노여움으로 열매를 맺지 못하는
이 황폐한 땅을 위해. 설령 신이 보낸 재앙이 없더라도
그대들이 이 일을 이렇게 방치하는 것은 옳지 못하오.
그대들의 그토록 고귀한 왕이 살해되었는데 말이오.
그대들은 수색했어야 했소.
나는 이렇게 그분이 이전에 가졌던 권력을 차지하고,
그의 침상과 그분을 위해 씨 뿌릴 아내도 이어받았으니
지금은 운명이 그분을 덮치고 말았지만

같은 어머니에게서 태어난 자식들이

그분과 나 사이에 인연을 맺어 줄 것이오.

이런 이유로 나는 내 아버지의 일인 양

싸워 나갈 것이고,

살인범을 찾기 위해 무엇이든지 할 생각이오.

라브다코스의 아들을 위해

아게노르의 아들인 카드모스, 그 아들인

폴리도로스(트로이의 왕인 프리아모스 왕의 아들)의

명예를 위해 말이오. 내 명령을 따르지 않는 자들에게

신들께서는 대지의 수확도,

여인들에게서는 자식을 내지 않도록 하시고,

지금의 재앙으로, 아니 이보다 더 참혹한 재앙으로

죽기를 바랄 것이오. 하지만 다른 카드모스의 후손들이

이것을 지지하면 이들에게는 우리의 동맹자이신

디케(로마 신화에 나오는 정의의 여신)와 함께

여러 신께서 축복을 내리시기를!

코러스장 왕이시여, 그대가 저주로

나를 묶으셔서 하는 말인데, 나는 살해하지 않았고

살인자를 밝힐 수도 없습니다.

그것과 관련해서 대체 누가 그런 짓을 했는지 모르니

그 문제의 경우 포이보스께서는

누가 범인인지 말씀해 주셔야 할 것입니다.

오이디푸스 맞는 말이오. 하지만 그 누구도

　　신들께서 원하지 않는 것을 신들께 강제할 수는 없소.

코러스장 그렇다면 또 한 가지

　　좋다고 생각되는 것을 말씀드리지요.

오이디푸스 세 번째로 좋은 것도 함께 말해 주시오.

코러스장 고귀한 테이레시아스 왕만큼

　　포이보스 왕의 의중을 잘 읽는 사람은 없습니다.

　　왕이시여! 그분에게 물어보시면

　　분명히 알려 주실 것입니다.

오이디푸스 그 일에도 나는 게으르지 않았소.

　　크레온의 말대로 두 차례나 사람을 보냈다오.

코러스장 그렇다면 다른 얘기들은 헛소문이로군요.

오이디푸스 어떤 것 말이오.

　　나는 지푸라기라도 잡고 싶은 심정이오.

코러스장 선왕께서는 나그네들한테

　　죽임을 당하셨다고 합니다.

오이디푸스 나도 들었소. 하지만 그 누구도

　　그들이 했다는 걸 본 사람이 없소.

코러스장 하지만 그자가 조금이라도

　　두려움이 무엇인지 안다면 그대의 이런 저주를 듣는다면

　　그리 오래 가지 못할 것입니다.

오이디푸스 행동을 두려워하지 않는 자는

말도 두려워하지 않는 법이오.

코러스장 하지만 그자의 죄를 단죄할 사람이

여기에 있습니다. 저기에 있는 자들이

신 같은 예언자를 모시고 있으니 말입니다.

사람 중에 오직 그분 안에만 진리가 살아 있습니다.

오이디푸스 가르칠 수 있든, 말할 수 없든

하늘의 일이든, 땅의 일이든

모든 것을 통찰하시는 테이레시아스여.

그대는 비록 눈으로 보지는 못하지만,

도시가 어떤 질병을 앓고 있는지 알고 계십니다.

우리를 이 어려움에서 구해 줄 구원자는

오직 그대뿐이오. 왕이여!

그대가 전령들에게 뭔가를 들었겠지만

포이보스께서는 우리의 물음에 이런 답을 보냈다오.

우리가 라이오스를 살해한 자들을 알아내 죽이거나

멀리 추방하기 전에는

이 역병에서 벗어날 길이 없다고 말입니다.

그대는 이제 새들에게서 나오는 소리, 아니면

그대가 가진 다른 예언의 능력을 발휘해

그대 자신과 나라를 구하고 나를 구해 주시오.

그리고 피살자에게서 나오는 오염을 막아 주시오.

우리의 운명은 그대에게 달려 있소.

가능한 한 할 수 있는 데까지
온 힘을 다해 남을 돕는 것은 얼마나
아름다운 일이겠소.

테이레시아스 아, 슬프도다!
현명함이 득이 안 되는 곳에서 현명함은
얼마나 괴로운 일인가!
잘 알고 있는 것을 나는 왜 잊고 있었는가.
그렇지 않다면 여기까지 오지 말 것을!

오이디푸스 그건 무슨 소리인가요?
어찌 그리 맥 빠진 채로 있는 것이오?

테이레시아스 나를 집으로 돌려보내 주시오.
그대의 짐은 그대가, 내 짐은 내가 지는 게 옳소.
내 조언에 따르겠다면.

오이디푸스 예언을 해 주시지 않겠다니 무슨 말이오?
그대를 키워 준 이 도시에 우호적이지 않은 말씀이군요.

테이레시아스 그대의 말이 그대를 파멸로 이끌고 있소.
나는 같은 실수를 되풀이하지 않기 위해
말하지 않는 거요.

오이디푸스 청하건대 그대에게 지혜가 있다면
그냥 돌아서지 마시오. 제발 부탁이오.
우리 모두 탄원자로
그대 앞에 무릎을 꿇고 엎드려 있으니.

테이레시아스 그대들은 모두 지혜롭지 않소.

나는 절대 나의 불행을 드러내지 않으려 하오.

오이디푸스 그게 무슨 말이오?

알면서도 말하지 않겠다니

우리를 배반하고 도시를 멸망시킬 셈이오?

테이레시아스 나는 나 자신도,

그대도 괴롭히고 싶지 않은 거요.

왜 그런 것을 나에게 물으면서 힐문하는 거요?

그대는 나에게서 아무것도 듣지 못할 것이오.

오이디푸스 오, 그대는 악인 중 악인이군.

돌이라도 그대에게 화낼 것이오.

절대 말해 줄 수 없다는 거요?

이렇게 그대 뜻대로만 할 거요?

테이레시아스 그대는 나를 나무라고 있지만,

함께 있는 그대의 것은 못 보시는군요.

어찌 나를 꾸짖는 거요.

오이디푸스 그대가 이 도시를 모욕하고 있는데

화내지 않는 사람이 어디 있겠소.

테이레시아스 내가 침묵을 지킨다고 해도

올 것은 반드시 올 것이오.

오이디푸스 그러지 않아도 올 것이라면

내게 말해 주어야 합당하지 않소?

테이레시아스 나는 더는 아무 말도 하지 않겠소.

그 화가 난다면 격하게 분노하시오.

오이디푸스 나는 정말 화가 나오. 그래서 말인데

내 생각을 모두 말하겠소. 잘 알아 두시오.

그대는 내가 보기에

그대 손으로 직접 죽이지 않았을 뿐 범행에 가담했소.

그대가 장님만 아니었다고 해도

그대 혼자 범행을 저질렀을 거요.

테이레시아스 참말이오?

그렇다면 내 그대에게 말하노니

그대가 공표한 대로 행하라 말하겠소.

이 사람들에게도 말을 걸지 말고

나에게도 한 마디도 걸지 마시오.

왜냐하면 그대가 이 땅을 오염시킨

불경스러운 자이니 말이오.

오이디푸스 그따위 말을 하다니

이렇게 뻔뻔스러울 수가!

그러고도 무사할 줄 아시오?

테이레시아스 나는 무사할 것이오.

진리를 부여잡고 있기 때문이오.

오이디푸스 그건 누구에게 배운 것이오?

그대의 재주 같지는 않소.

테이레시아스 당신에게서 배웠소.

　　싫다는 데도 말하게끔 추궁했으니.

오이디푸스 무슨 말을! 내가 제대로 못 알아들었으니

　　다시 한번 말해 보시오.

테이레시아스 진정 알지 못하겠소?

　　아니면 나에게서 말을 더 이끌어 내려는 것이오?

오이디푸스 잘 알아듣지 못했으니 말해 주시오.

테이레시아스 그대가 찾고 있는 범인이

　　바로 당신이란 말이오.

오이디푸스 나를 두 번이나 모함하다니

　　당신이 성치 않기를 바라오?

테이레시아스 그렇다면 다른 것도 말해 주겠소.

　　당신이 더 화나도록.

오이디푸스 해 보시오. 원하는 대로.

　　헛소리나 해 댈 테니.

테이레시아스 그대는 가장 가까운 핏줄과

　　가장 수치스럽게 지내면서 그 사실을 모르고 있소.

　　어떤 악을 저지르고 있는지 전혀 모르고 있단 말이오.

오이디푸스 그런 말을 하고도

　　언제까지 무사하길 바라는 거요.

테이레시아스 물론, 진리에 힘이 있다면 말이오.

오이디푸스 물론 있지. 그대 아닌 다른 사람들에게는.

하지만 그대에게는 없소.

당신은 귀도 정신도 눈도 멀었으니까 말이오.

테이레시아스 가련한 당신은 곧 이 모든 사람이

당신에게 할 그런 욕설을 내게 퍼붓다니!

오이디푸스 영원한 어둠 속에서 사는 그대는

나든 다른 사람이든 햇빛을 보는 자를

결코 해치지 못할 것이오.

테이레시아스 물론 그대는 나로 말미암아

넘어질 운명은 아니오. 하지만 아폴론 신이라면 다르오.

오이디푸스 그런 생각을 해낸 자는

크레온인가 아니면 그대인가?

테이레시아스 크레온이 아니라

당신 스스로가 재앙이오.

오이디푸스 오, 아버지여, 왕권이여.

치열한 생존 경쟁에서 재주를 넘어서는 재주여.

너희는 시기심을 붙이고 다니는구나.

내가 구하지도 않았는데

이 도시가 내 손에 선물로 쥐여 준 권력 때문에

옛 친구인 크레온이

몰래 나를 내쫓으려 했을 뿐만 아니라

이런 계략을 꾸며 내는 음흉한 마법사,

교활한 돌팔이 설교사를 부추겼으니 말이오.

자, 말해 보시오. 도대체 당신의 어떤 면모가

자신이 진정한 예언자임을 보여 주는지.

저 어두운 노래를 부르는 암캐가 이곳에 나타났을 때

그대는 어찌해 이 시민들을 해방해 줄

말을 하지 않는 거요. 그 수수께끼는 아무나

풀 수 있는 것이 아니어서 예언이 필요했소.

하지만 그대는 그런 예언을 새들의 도움으로든

신의 계시로든 가지지 않는 게 분명하오.

그런데 내가 나타났고,

아무것도 모르는 이 오이디푸스가

새들의 그 재앙을 멈추게 했소.

새들에게서 알아낸 게 아니라 지혜가 있었기에.

그런 나를 그대가 내쫓으려 하고 있소.

크레온 일파와 바짝 붙어 있다는 생각이 들었소.

그대와 그대의 공범은 나라를 정화하겠다는

자신들의 생각을 후회하게 될 것이오.

그대가 늙은이기에 망정이지

그것이 주제넘은 생각이라는 것을

고통 속에서 깨달을 것이오.

코러스장 오이디푸스 왕이시여, 당신이나

저분의 말씀이나 분노에서 나온 것 같습니다.

지금 우리에게 필요한 것은

어떻게 저 신탁을 잘 수행할지 생각하는 것입니다.

테이레시아스 그대가 왕이기는 하지만

반론권은 공평하게 가지고 있어야 하오.

나도 그럴 권리가 있으니까.

나는 당신의 노예가 아니라

록시아스(아폴론의 또 다른 이름)의 종으로

살아가니까요. 그러니 크레온을 후견인으로 삼거나

그 밑에 등재되지는 않을 거요.

눈먼 것까지 나를 조롱하니 하는 말인데,

오히려 그대는 눈이 있어도 보지 못하고 있소.

그대가 어떤 불행에 빠졌는지, 어디서 사는지,

누구와 사는지 말이오. 그대가 누구 자손인지 아시오?

그대는 저 아래 있는 사람이든, 땅 위에 있는 사람이든

그대 친족들에게까지 원수입니다.

언젠가 당신 어머니와 아버지의 저주가

이 땅에서 그대를 쫓아낼 것이오.

지금은 볼 수 있지만, 그때가 되면

그 눈도 멀 것이오. 순조로운 항해 끝에

그대를 숙명의 항구로 이끌어 준 저 결혼 축가를

그대가 제대로 이해했을 때 말이오.

또 그대는 수많은 또 다른 재앙들을

알아채지 못하고 있소.

그대는 또 그대와 그대의 자식들을 동등하게 해 줄

또 다른 무리의 불행도 보지 못하고 있소.

그러니 크레온과 나의 말을 조롱해도

그리 화가 나지 않는군.

필멸의 인간들도 미래의 당신보다 더 비참하게

마멸되어 사라지지는 않을 테니.

오이디푸스 내가 이러한 말을 듣고도 참아야 하는가!

파멸 속으로 꺼지시오. 이곳에서 썩 물러서란 말이오.

테이레시아스 그대가 부르지 않았다면

오지도 않았을 거요.

오이디푸스 당신이 그런 어리석은 말을

할 줄 몰랐기 때문이오.

그럴 줄 알았으면 부르지도 않았소.

테이레시아스 그대는 내가 바보 같겠지만

그대를 낳은 부모들에게는 현명한 사람이었소.

오이디푸스 어떤 부모 말인가? 누가 나를 낳았지?

테이레시아스 바로 오늘이 그대를 낳고

또 파멸시킬 것이오.

오이디푸스 그대는 항상 수수께끼 같은 말만 하는군요.

테이레시아스 그대는 수수께끼를 잘 풀지 않소?

오이디푸스 나의 위대함을 보여 준

그 일들을 조롱하다니!

테이레시아스 그 행운이 그대를 파멸시켰소.

오이디푸스 아무튼 나는 이 도시를 구했으니

아무래도 좋소.

테이레시아스 그럼 나는 가 보겠소.

애야, 나를 데려가 다오.

오이디푸스 어서 그 애가 그대를 데려가게 하시오.

그대는 나를 방해하고 성가시게만 하니

돌아가면 나를 괴롭힐 일이 없을 것이오.

테이레시아스 그러면 내가

여기에 온 이유를 말하고 가겠소.

그대의 얼굴은 두렵지 않소.

그대가 나를 파멸할 길은 없으니.

내 그대에게 말하노니 위협적인 말로

라이오스의 피살 사건을 해결하겠다며

찾는 이가 여기에 있소.

그는 이방 출신의 외지인이지만,

나중에는 테베 토박이임이 밝혀질 것이오.

하지만 그는 그 행운을 즐거워하지 않을 거요.

앞 못 보는 장님이 되고, 부자였다가 거지가 되어

이국땅으로 떠날 운명이니까 말이오.

또 그는 자기 자식들의 형제이자 아버지이며

자신을 낳은 여인의 아들이자 남편이며

자기 아버지와 함께 씨 뿌린 자이자

자기 아버지의 살해자임이 밝혀질 것이오.

그러니 잘 따져 보시오. 그러고도 내 말이 틀렸다면

그때 내가 아무것도 모르는 예언자임을

떠들고 다녀도 됩니다.

코러스 (좌 1)

누구인가, 예언하는 델포이의 바위가

형언할 수 없을 만큼 끔찍한 짓을

피 묻은 손으로 저질렀다는 이는?

그자가 도망치기 위해 질풍같이 날랜 말들보다

힘차게 발을 움직여야 하는 때로구나.

제우스의 아드님께서 불과 번개로 무장한 채

그에게 덤벼드시고, 실수하지 않는 무서운

죽음의 여신들이 함께 뒤쫓고 있으니.

(우 1)

눈 덮인 파르나소스산(그리스 중부 지방에 있는 산. 아폴론
과 디오니소스 등의 성지로 델포이 성전이 있음)으로부터의
전언, 드러나지 않은 그를 어떻게든 찾아내라 하시네.

그자가 야생의 수풀 속으로 숨어들어

동굴과 바위 사이에서 황소와도 같이

배회하고 있기 때문이로다.

대지의 배꼽에서 나온 신탁을 벗어나려 하지만

그 말씀은 항상 살아 그의 주변을 맴돈다네.

(좌 2)

새들을 살피는 무섭도록 현명한 그 예언자,

나를 뒤흔들지만

나는 시인도 부인도 할 수 없어 당황스럽구나.

불안한 예감에 안절부절못하는 이 마음,

희망을 품고 현재의 일도 미래의 일도 보지 못하네.

라브다코스의 아들과

폴리보스(오이디푸스의 양아버지)의 아들 사이에

어떤 다툼이 있었는지 이전에도 지금도 그 어느 때도

나는 배운 바가 없다. 그 때문에

백성들로부터 명망이 높은 그를 공격할 수도 없고,

밝혀지지 않은 죽음에 대해

라브다코스의 아들을 위해 할 만한 것이 없으니.

(우 2)

명철하신 제우스와 아폴론은 인간사를 다 알고 계신다.

하지만 인간에게서 난 예언자가

나보다 더 뛰어나다는 것은 정답이 될 수 없으나

누군가 다른 사람보다는 지혜가 뛰어날 수 있겠지.

하지만 그 말이 옳은 것인지 내가 보기 전에는

사람들이 그를 비난해도 나는 절대 동조하지 않으리.

모두 보는 데서 예전에 날개 달린 소녀가

그분에게 다가갔을 때, 그분은 시험을 통해
현자로 밝혀졌거늘 어찌 내가 나쁜 판단을 내리겠는가.

크레온 시민 여러분, 나는 무서운 말을,
오이디푸스 왕께서 나를 비난하는
끔찍한 말씀을 했다는 얘기를 듣고
분개해 여기에 왔소이다.
현재와 같은 재난 속에서 그분께서 말로든 행동으로든
내게서 해로운 일을 당했다고 생각하신다면
진실로 나는 그런 비난 속에서
오래 살고 싶은 생각이 없습니다.
만약 내가 도시 안에서 그대와 친구들에게
악당으로 불린다면 이런 소문은
나에게 손실만 가져다주는
아주 중대한 문제이기 때문이오.

코러스장 하지만 화를 이기지 못해
그런 말씀을 하신 것이지
진심은 아니라고 보고 있소, 나는.

크레온 아무튼 그런 말을 한 것은 사실이잖소.
눈먼 예언자가 내가 시켜서
저런 얘기를 했단 말이오?

코러스장 그런 말씀을 하신 건 사실이지만
어떤 뜻인지는 모르겠소.

크레온 그렇다면 올바른 눈으로 그리고

　　제정신으로 나에게 혐의를 씌우고 있다는 말이오?

코러스장 모르겠소. 윗분들의 일을 내가 어찌 알겠소.

　　그런데 저기 마침 그분이 집에서 나오시고 있소.

오이디푸스 자네는 어떻게 여기에 왔는가?

　　정말 두꺼운 낯짝을 가지고 있군.

　　명백히 여기 있는 나를 살해하려 하고,

　　내 권력까지 도둑질하려던 심보로

　　내 집에 발을 들여놓았으니 말이오.

　　그렇다면 신들께 맹세하고 말해 보게.

　　나를 겁쟁이 혹은 바보로 알아 음모를 꾸몄는가?

　　자네가 이렇게 몰래 들어오면

　　내가 눈치채지 못하거나 알더라도

　　막지 못할 거라고 생각했는가?

　　재산도 없고 친구도 없이 왕권을 쥐려 하다니.

　　자네는 어찌 그리 어리석은가?

　　왕권은 추종자와 돈이 있어야 오를 수 있는 자리인데.

크레온 제 말도 좀 들어 주세요.

　　제 말을 들은 다음에 판단하세요.

오이디푸스 자네는 말에 능하지만

　　나는 그대 말을 알아듣지 못하네.

　　나는 자네가 내 원수임을 알아챘으니 말이야.

크레온 우선 이 말부터 들어 주세요.

　　　　제가 드리는 말씀을요.

오이디푸스 자네가 악당이 아니라는 해명만은

　　　　아니기를 바라네.

크레온 만일 제가 쓸데없는 고집을 부리는 걸

　　　　좋아한다고 생각하신다면 그건 옳지 못합니다.

오이디푸스 자네가 같은 가문의 사람에게

　　　　악을 저지르고도 벌 받지 않을 것이라고 믿는다면

　　　　그건 좋은 생각이 전혀 아닐세.

크레온 옳으신 말씀입니다. 그런데 제가

　　　　어떤 악행을 저질렀는지 말씀해 주십시오.

오이디푸스 사람을 보내 그 잘난 체하는

　　　　예언자를 부르라고 자네가 나에게 권하지 않았는가.

크레온 그 문제라면 제 생각은 지금도 같습니다.

오이디푸스 그렇다면 대체

　　　　얼마나 많은 세월이 지났는가, 라이오스가…….

크레온 그가 무슨 일을 했다는 말씀입니까.

　　　　알아듣지 못하겠습니다.

오이디푸스 치명적인 폭행을 당하고

　　　　사람들에게서 사라진 게.

크레온 이미 많은 시간이 흘렀습니다.

오이디푸스 당시에도 그 예언자는 예언했는가?

크레온 지금처럼 현명하고 존경을 받았습니다.

오이디푸스 그럼 그때도 나에 대해 말했는가?

크레온 하지 않았습니다. 절대 그런 일은 없었습니다.

오이디푸스 그런데 당신들은

　　　　고인을 위해 수사하지 않았는가?

크레온 물론 수소문했지요.

　　　하지만 아무것도 얻지 못했습니다.

오이디푸스 그런데 어째서 당시에 그 현자는

　　　　그 얘길 하지 않았지?

크레온 잘 모르겠습니다.

　　　제가 모르는 것에 대해서는 말할 수가 없습니다.

오이디푸스 하지만 이 정도는 자네도 알고 있고,

　　　　잘 생각해서 말할 수 있을 것 같네.

크레온 무엇을 말씀하시는 것입니까?

　　　제가 아는 일은 부인하지 않겠습니다.

오이디푸스 만일 그자와 자네가 공모하지 않았다면,

　　　　라이오스의 죽음이

　　　　내가 한 짓이라고 말하지 않았을 것이네.

크레온 그가 그런 말을 했다면 왕께서 알겠지요.

　　　하지만 저는 당신이 제게 질문을 던진 것처럼

　　　저도 그럴 권리가 있다고 생각합니다.

오이디푸스 무엇이든 물어보게.

나는 절대 살인자가 아니니.

크레온 말씀해 주십시오.

　　당신은 나의 누이와 결혼하셨지요?

오이디푸스 물론 그렇지.

크레온 당신은 누이와 함께 땅을 다스리고 계시지요?

오이디푸스 나는 그녀가 원하는 것은

　　무엇이든지 주고 있지.

크레온 저는 두 분 다음으로

　　세 번째 자리를 차지하고 있으니

　　두 분과 대등하다고 할 수 있지 않나요?

오이디푸스 그래서 자네가 사악하다는 걸세.

크레온 그렇지 않습니다. 제가 따져 본 것을

　　왕께서도 따져 본다면 우선 이 점을 생각해 보세요.

　　어떤 사람이 비슷한 권력을 갖고도

　　두려움에 떨면서 잠드는 것을 택하겠습니까.

　　아니면 두려움 없이

　　발 뻗고 잘 수 있는 것을 바라겠습니까.

　　저는 왕권을 행사하거나

　　왕이 되는 것을 바라지 않습니다.

　　다른 사람들도 마찬가지일 것입니다.

　　저는 지금 왕께 두려움을 가지지 않고

　　많은 것을 얻고 있습니다.

만일 제가 통치자가 된다면
하기 싫은 일도 해야 할 것입니다.
그런데 어떻게 왕권을 갖는 것이
고통 없는 통치와 권력보다 더 달콤하겠습니까?
저는 아직 이익이 되는 명예 대신
다른 명예를 바랄 만큼 어리석지는 않습니다.
지금 저는 모든 사람과 잘 지내고 있고,
모두가 저를 반기며 제게 인사합니다.
당신에게 청탁하고자 하는 이들이
저를 찾기도 합니다.
그들은 원하는 것을 얻기 위해 저를 통하는 것이지요.
그런데 왜 제가 이것을 버리고 저것을 가지겠습니까?
현명한 자는 절대 배신자가 될 수 없어요.
저는 원래 배신을 좋아하는 성격도 아니고,
배신을 좋아하는 사람과 함께 있는 것만으로도
숨이 막힙니다. 증거가 필요하시면 델피에 가서
제가 들은 신탁의 말씀을 알아보십시오.
제가 당신께 제대로 전했는지요.
그런 다음 제가 예언자와 무언가 꾸몄다면
저를 한 사람이 아닌 두 사람의 판결,
그러니까 당신과 제 판결에 따라 저를 죽이십시오.
하지만 아무런 증거도 없다면 그렇게 하지 마십시오.

사악한 자를 착한 사람으로 여기는 것도,

착한 사람을 사악하게 여기는 것도

옳지 않으니 말입니다.

저는 진정한 친구를 버리는 것은

자기 목숨을 버리는 것과 마찬가지라고 생각합니다.

시간이 흐르면 사람들이

확실하게 이를 알게 될 것입니다.

세월이 흐르면 올바른 사람은 드러나지만

악한 이는 단 하루면 알아볼 수 있는 법이니까요.

코러스장 왕이여! 넘어지지 않으려

늘 주의하는 자들을 위해

그가 좋은 말을 해 주었습니다.

결정을 너무 빨리 내리면 문제가 생깁니다.

오이디푸스 누군가가 음모를 꾸미면서

빠르게 다가올 때는 빨리 대책을 세워야 하오.

내가 가만히 시간을 지체하면 그자들은 목적을 이루고,

내 목적은 이루어지지 않을 거요.

크레온 도대체 무엇을 원하시는 겁니까?

저를 나라 밖으로 내쫓으시려는 건가요?

오이디푸스 아니, 내가 원하는 것은 자네의 죽음일세.

추방이 아니라.

크레온 마음을 바꾸시거나

제 말을 듣지 않으실 작정인가요?

오이디푸스 시기하는 자가 어떻게 되는지

보여 주기 위해서 말일세.

크레온 쇠고집이신 데다

저를 믿지 않기로 작정하신 거로군요.

오이디푸스 나는 내 이익을 지킬 만큼

충분히 제정신이지.

크레온 제가 보기에는 제정신이 아니에요.

오이디푸스 일에서만큼은 제정신일세.

크레온 그렇다면 제게도 그래야지요.

오이디푸스 그대는 사악한 악당이야.

크레온 만약 왕께서 잘못 생각하고 있는 거라면요?

오이디푸스 그래도 통치는 해야지.

크레온 잘못 통치하느니 안 하는 게 더 낫지요.

오이디푸스 오, 테베여! 나의 도시여!

크레온 이 도시는 왕만의 것이 아니라

제 도시이기도 합니다.

코러스장 두 분 모두 이제 그만하십시오.

지금 이오카스테께서 오시는군요.

왕비가 계신 곳에서 조정해 봅시다.

이오카스테 오오, 딱하신 분들.

어쩌자고 지각없이 혀를 놀리나요?

부끄럽지도 않은가요? 나라가 병들어 있는데
사사로운 분쟁을 벌이시다니.
자, 당신은 집 안으로 드시고,
크레온, 너도 집으로 가거라.
작은 일을 크게 키우지 말고.

크레온 누님, 당신의 남편이신 오이디푸스 왕께서
내게 끔찍한 일을 저지르려고 합니다.
나를 내쫓든지 잡아 죽이겠다고 말입니다.
그러기로 하고는 그걸 정당하게 여기고 있습니다.

오이디푸스 그렇소. 당신의 동생이 사악하게도
내 몸에 나쁜 짓을 하려 했기 때문이오.

크레온 당신이 내게 뒤집어씌우는 짓 중
하나라도 행했다면 행운은커녕
당장 저주받아 파멸돼도 좋습니다.

이오카스테 제발 부탁이니
제 동생을 믿어 주세요, 오이디푸스 님.
신들의 이름으로 맹세한 걸 봐서라도요.

(애탄가, 좌 1)

코러스장 제발 너그럽게 자비를 베푸소서, 왕이시여!

오이디푸스 그대는 내가 무엇을 허락하기를 바라오?

코러스장 전에도 현명하셨지만,
지금은 맹세를 통해 강력해진 저분을 믿어 주소서.

오이디푸스 그대가 청하는 게 무엇인지 알고 있소?

코러스장 알고 있습니다.

오이디푸스 그럼 말해 보시오.

코러스장 맹세까지 한 친구를 불확실한 말만 믿고
　　　　추측만으로 죄를 뒤집어쓰지 않게 해 달라는 것입니다.

오이디푸스 그럼 잘 알아 두시오.
　　　　그대가 그렇게 요구하는 것은 내가 파멸하거나
　　　　이 나라에서 쫓겨나기를 바라는 것이라고 알겠소.

코러스장 모든 신의 가장 앞줄에 서시는
　　　　태양신께 맹세코 그런 의미가 아닙니다.
　　　　만일 제가 그런 생각을 하고 있다면
　　　　신들에게 버림받고 친구도 없이 죽어도 좋습니다.
　　　　가여운 저는 너무 지쳤습니다.
　　　　나라는 망해 가는데 이전 재앙에 뒤이어
　　　　두 분의 싸움으로 재앙이 겹치고 있으니 말입니다.

오이디푸스 그러면 이자를 그냥 가게 하시오.
　　　　내가 파멸하거나 불명예스럽게 추방당할 것이
　　　　확실하지만 말이오. 그자의 입이 아니라
　　　　애처로운 그대의 입이 내 마음을 움직였소.
　　　　동정하기 때문이오. 하지만 이자는 어디서든
　　　　내게 미움을 받을 것이오.

크레온 당신은 제게 은혜를 베풀면서도

앙심을 품고 있군요. 그런 기질을 가진 사람은

자기 자신을 견디기 힘들게 만들지요.

오이디푸스 날 좀 내버려 두고 썩 꺼지거라!

크레온 네, 갈 겁니다. 저는 당신에게 오해를 샀지만,

이 사람들 눈에는 옳습니다.

(애탄가, 우 1)

코러스장 부인, 어째서 왕을 집 안으로 모시지 않나요?

이오카스테 그러기 전에 먼저

대체 어떤 일이 있었는지 알아야겠어요.

코러스장 근거 없는 짐작과

정당하지 않은 말이 오갔습니다.

이오카스테 두 사람 모두에게서 비롯되었나요?

코러스장 네.

이오카스테 두 사람이 무슨 이야기를 나누었지요?

코러스장 더는 묻지 마세요.

이미 땅이 고통받고 있으니. 그 이야기는

멈춘 곳에서 머물게 하는 게 좋을 것 같습니다.

오이디푸스 그대 의도는 좋았는지 몰라도

내 가슴을 짓누르고 무디게 하려다가

어떤 상태에 이르렀는지 모를 것이오.

코러스장 오, 왕이시여!

제가 이미 여러 번 말씀드렸지만

제 조국이 위태로웠을 때 바른 곳으로 이끄셨고,

지금도 당신은 훌륭한 지도자입니다.

만일 제가 당신을 멀리한다면 정신 나간 것이겠지요.

또 올바르게 생각하지 못하는 사람일 것입니다.

이오카스테 왕이시여, 제게도 알려 주세요.

왜 당신이 그렇게 화가 났는지에 대해서요.

오이디푸스 알려 주겠소. 나는 이 사람들보다

당신의 말을 더 존중하오.

크레온이 나를 해할 음모를 꾸몄기 때문이라오.

이오카스테 말씀해 보세요. 어떤 언쟁이 있었는지.

오이디푸스 크레온은 내가

라이오스를 죽였다고 생각하고 있소.

이오카스테 크레온이 전말을 알고서 한 말인가요,

누구한테서 들은 건가요?

오이디푸스 그가 악한 예언자를

이 안으로 들여보냈소. 자신이 의심받을 만한 말은

아무에게도 말하지 못하도록 했단 말이오.

이오카스테 그런 일이라면 걱정할 필요 없어요.

제 말을 명심하세요. 인간은 예언할 능력이 없잖아요.

이에 대한 증거를 보여 드릴게요.

예전에 라이오스가 신탁을 받은 적이 있어요.

아폴론이 아니라 그의 사제에게 말이에요.

그 신탁에 따르면 그이와 저 사이에서
태어난 아들의 손에 그이가 죽게 된다는 것이었어요.
그런데 그 소문에 따르자면 강도들이
마차들이 다니는 삼거리에서 그를 죽였어요.
그리고 아들은 3개월도 안 됐을 때 라이오스가
두 발을 묶어 하인을 시켜 산에 내다 버렸어요.
아폴론께서 아이가 아버지를 죽이고,
라이오스는 아들의 손에 죽는다는
그런 끔찍한 일이 일어나지 않게 해 주셨어요.
그렇게 되도록 미리 신탁이 정해진 것이에요.
그러니 신탁에 대해 너무 걱정하지 마세요.
신께서 전하는 신탁이 있다면 스스로 밝히실 거예요.

오이디푸스 부인의 얘기를 듣고 나니
내 영혼이 방황하고 마음의 갈피를 잡지 못하겠소.

이오카스테 무엇 때문에 불안해하는 건가요?

오이디푸스 마차가 다니는 세 길이 만나는 곳에서
라이오스가 피살되었다고 당신에게 들었던 것 같소.

이오카스테 그런 말이 나돌았고, 지금도 나돌고 있어요.

오이디푸스 그 사건은 언제 일어났소?

이오카스테 당신이 이 나라를 통치하기 직전에
그 말이 돌았어요.

오이디푸스 오, 제우스여!

당신은 내게 어떤 운명을 내리시는 건가요?

이오카스테 왜 그런 일로 마음을 쓰시나요.

오이디푸스 아직은 묻지 말고 대답해 보시오.

라이오스의 생김새는 어땠으며,

나이는 몇 살 정도였는지?

이오카스테 키가 크고, 흰머리가 났으며,

생김새는 당신과 닮았어요.

오이디푸스 아, 불행하도다. 나는 그런 줄도 모르고

나 자신을 무서운 저주 속에 던져 넣었구나!

이오카스테 무슨 말씀인가요?

당신을 보고 있으니 몸이 떨립니다.

오이디푸스 그 예언자가

장님이 아닐지도 모른다는 사실이 두려워요.

그대가 한 가지만 더 설명해 준다면

내가 더 잘 들려줄 수 있을 거요.

이오카스테 몹시 긴장되지만,

당신 질문에 아는 대로 설명해 드릴게요.

오이디푸스 그분이 길을 떠날 때 소수만 갔소,

아니면 무장한 호위병을 거느리고 갔소?

이오카스테 모두 다섯 명이었는데,

그들 중 한 사람은 전달자였어요.

마차는 라이오스를 태운 것 한 대뿐이었어요.

오이디푸스 아, 이제 분명하구나.

　　당신은 이 말을 누구에게 들었소?

이오카스테 하인 한 명이 살아남았어요.

오이디푸스 그자는 집에 있소?

이오카스테 없어요. 그는 그곳에서 돌아와

　　당신이 권력을 잡고 라이오스가 죽었다는 것을

　　안 뒤 제 손을 잡으며 이곳에서 먼 시골로,

　　가축을 키울 수 있는 곳으로 보내 달라고 했어요.

　　그래서 저는 그는 보냈어요.

　　노예였지만, 그에게 호의를 베풀기로 했지요.

오이디푸스 당장 그자를 데리고 올 수 있소?

이오카스테 네, 있어요.

　　그런데 무슨 일 때문에 그러시는지요?

오이디푸스 여보, 내가

　　너무 많은 말을 하지 않았는지 두렵소.

　　그래서 그자를 만나 보고 싶은 거요.

이오카스테 그자를 데려올게요. 지금 당장은 힘들지만,

　　당신이 왜 그렇게 괴로워하는지는 이해해요.

오이디푸스 내 불길한 예감이 이렇게 강렬한데

　　어찌 그대의 말대로 하지 않겠소?

　　이런 시련 속에서 내가 믿고 말할 상대가

　　당신 말고 또 어디 있겠소.

내 아버지는 코린트(그리스 남부 쪽에 있는 해상 교통의 요
지) 왕 폴리보스였고,
어머니는 도리스족인 메로페(로마 신화에 나오는 플레이아
데스 자매 중 한 명)였소.
나는 그곳 코린트 시민들 사이에서
존귀한 사람으로 자랐소.
그런데 어느 날 이상한 일이 일어났소.
그것은 놀라 말한 일이었지만,
내가 크게 신경 쓸 일이 아니었소.
전차에서 한 사내가 술을 잔뜩 먹고
내가 내 아버지의 아들이 아니라고 말했소.
나는 화가 났지만, 꾹 참았소.
다음 날 나는 아버지와 어머니에게 물었지.
그러자 두 분은 거짓말한 남자 때문에 노발대발했소.
나는 두 분 덕분에 기분이 풀어졌지만,
그 일은 내 신경을 자꾸 건드렸소.
그 소문이 났기 때문이오.
그래서 나는 부모님 몰래 델피에 갔다오.
하지만 포이보스는 내 용건은 듣지도 않고
대답조차 하지 않고 나를 내보내면서
슬픔과 공포와 불온한 다른 일들에 대해 말했었지.
나더러 내 어머니와 살을 섞을 운명이고,

차마 눈 뜨고 볼 수 없는 자식을 낳게 되고,
나를 낳아 준 아버지를 죽이게 된다는 것이었소.
나는 이 말을 진지하게 듣고 코린트로 돌아가지 않았소.
내 사악한 신탁이 정해 준 치욕이
이루어지지 않길 바라며 떠돌아다녔소.
그러다가 그 장소에 도달했소.
당신이 말해 준 그 통치자가 죽었다 하는 곳에.
이제 당신에게 모든 것을 말하리다.
내가 걸어가다가 세 갈래 길이
만나는 곳에 이르렀을 때 마차에는
당신이 말한 것 같은 남자가 있었소.
전령과 늙은 남자가 나를 보고는
길 밖으로 밀쳐 내려 했기에 화가 나서 마부를 때렸소.
그러자 늙은 남자가 내가 지나가는 때를 기다렸다가
뾰족한 막대기로 내 머리를 내리쳤소.
그 남자는 내가 잽싸게 휘두르는 지팡이에 맞아
마차에서 굴러떨어졌소.
그 뒤에 나는 그들을 모두 죽여 버렸소.
그 낯선 남자가 혹시 라이오스와 연관된 자라면
세상에 나보다 더 비참한 사람이 어디에 있겠소.
신의 미움을 더 받는 자 또한 없겠지.
어떤 이방인도 어떤 시민도

나를 집 안에 받아들여서는 안 되며,

모두 나를 집 밖으로 내쫓아야 한단 말이오.

나를 이렇게 저주한 자는 바로 나 자신이오.

한데 나는 내가 죽인 사람의 침대를

그를 죽인 이 두 손으로 더럽히고 있소.

이런 내가 사악하지 않소? 정말 불결한 자 아니겠소?

나는 사악한 본성을 타고났단 말이오?

나는 추방돼야 하고, 내 가족들을 만나선 안 되고,

내 조국에 발을 들여놓아도 안 되오.

그렇지 않으면 내 어머니와 결혼해야 하고

아버지 폴리보스를 죽일 운명이니까.

잔인한 신이 이 일들을 한 것이라면

그것은 옳은 말이 아닐까?

존경하고 두려운 신들이여,

절대 내가 그날을 맞지 않게 해 주소서.

내가 그런 재앙으로 말미암아

오욕으로 더럽혀지기 전에

차라리 내가 흔적 없이 인간들 눈앞에서 사라지기를!

코러스장 왕이시여, 저희도 그것이 걱정스럽지만

현장에 있었던 자에게 물어보기 전까지

희망을 버리지 마십시오.

오이디푸스 그게 내게 남은 유일한 희망이오.

그자를 기다려 봅시다.

이오카스테 만일 그자를 찾으면 어떻게 하시려는 겁니까?

오이디푸스 내 그대에게 알려 주겠소.

그자가 하는 말과 당신이 한 말이 일치한다면

나는 재앙을 면할 것이오.

이오카스테 제가 말한 데서

희망을 가질 만한 것이 있나요?

오이디푸스 그자는 라이오스가

도적들에 의해 살해되었다고 했소.

만일 그자가 여전히 같은 수를 말한다면

살해한 자는 내가 아니오.

하지만 나그네 한 명이 그런 짓을 저질렀다고 한다면

모든 책임이 나에게 있는 거요.

이오카스테 하지만 그는 분명히 도적들이라고 말했어요.

제 말을 믿어 주세요.

또 그가 자신의 말을 번복하기는 힘들 거예요.

저 혼자만 들은 것이 아니라 온 도시가 들었거든요.

설령 그자의 말이 전과 조금 다르더라도

라이오스의 죽음이 예언대로 된 것이 아니라는 점을

알게 될 겁니다. 록시아스께서는 라이오스가

아들의 손에 죽을 운명이라고 했으니까요.

그런데 그 불쌍한 아이는 아버지를 죽이기는커녕

그러기 전에 자신이 먼저 죽어 버렸어요.

그러니 신탁 때문에 너무 고민하시지 않았으면 좋겠어요.

오이디푸스 당신 말이 옳소.

그렇지만 그자를 부르러 사람을 보내고,

이 일을 소홀히 하지 마시오.

이오카스테 서둘러서 보낼게요.

그러니 우리 집 안으로 들어가요.

저는 당신의 말을 그 무엇이라도 어기지 않을 거예요.

코러스 (좌 1)

오, 말과 행동에서 법도에 맞고

경건한 정결(정조가 있고 행실이 깨끗함)을 지키는 것이

내 운명이라면 좋으련만.

저 높은 곳을 내딛는 법도는 태어나자마자

밝고 높은 하늘에 놓여 있으며,

올림퍼스만이 법도의 아버지이고,

인간들 필멸의 본성이 그를 낳지 않아

망각이 결코 그들을 잠재우지 못하도다.

신은 그 법도 안에서 위대하고 늙지도 않는다네.

(우 1)

오만은 폭군을 낳는 법. 오만함은 시의적절하지 않고

유익하지도 않으며 부를 헛되게 추구해 자신을 망치고

파멸 속으로 들어가게 만든다네.

거기서는 건강한 두 발도 쓸 데가 없다.
하지만 도시의 건전한 경쟁은 없어지지 않기를!
항상 신을 보호자로 여긴다네.

(좌 2)

만일 누군가 정의의 여신을 두려워하지 않고,
신들의 자리도 존경하지 않고,
행동이나 말이 교만의 길을 걸으면 그 교만 때문에
사악한 운명이 그를 채 가리니.
이득을 정당하게 취하지 않고, 불경한 일을 일삼고,
신성한 것들을 더러운 손으로 만진다면
누가 감히 그런 짓을 하고도 신들의 화살이
제 영혼을 꿰뚫지 않기를 바랄 수 있겠는가.
만일 이런 짓들이 존경을 받는다면
내가 왜 춤을 추어야 하는가?

(우 2)

만일 예언이 들어맞는다면,
아니, 모든 사람이 손가락을 가리켜 보일 만큼
명백히 들어맞지 않는다면,
대지의 배꼽과 범할 수 없는 성소,
아바에(아폴론 신전이 있던 곳)에 있는 신전,
그리고 올림피아(제우스 신을 모시던 신역)도
다시는 잠들지 않으리.

제우스여, 그대를 그렇게 부르는 게 그르지 않다면
모든 것을 다스리는 이여, 이렇게 불리는 게 옳다면
그것이 그대와 그대 불멸의 권세에서
벗어나지 못하게 하소서!
쓰러져 가는 라이오스의 신탁을
사람들은 중요하게 생각하지 않고 있으며,
아폴론은 어디서나 명예롭게 나타나지 못하고,
신들을 위한 존경은 없어지고 있습니다.

이오카스테 이 나라의 원로들이여!
나는 손에 달린 양털 장식들과 향과 제물을 들고
신들의 신전을 찾아가기로 했어요.
오이디푸스 님이 괴로움에 휩싸여
지나치게 자책하고 있으니까요.
그분은 분별 있는 사람인데도
과거의 일들로 미래를 판단하지 않고 있으며,
누군가 두려운 얘기를 하면 그들에게 귀를 기울이십니다.
리케이오스 아폴론이시여,
여기 가장 가까이 계시는 그대를
탄원자의 제물을 가지고 왔습니다.
그대가 우리를 위해 오욕에서 벗어나도록
해결책을 알려 주시기 바랍니다.
배의 키잡이인 그가 겁을 먹고 있어

우리 역시 두려움에 떨고 있습니다.

사자 오, 이방인이여. 내게 그대들의 통치자

오이디푸스가 어디 있는지 알려 주기 바라오.

코러스장 이곳이 그의 궁전이고, 그는 안에 계십니다.

이분은 그의 아내이자 그분 자녀들의 어머니시오.

사자 이분이 늘 행복한 가정에서 아늑하시길.

위대한 분의 배필이시니!

이오카스테 그대도 항상 행복하시길.

그대의 축복에 대한 보답이오. 말해 주세요.

그대는 무엇을 위해 왔고, 또 무슨 말을 전할 것인지.

사자 그대의 집안과 남편께 좋은 소식입니다.

이오카스테 그게 무슨 소식인가요?

누가 그대를 이곳에 보냈지요?

사자 저는 코린트에서 왔습니다.

제가 지금 전해 드리는 소식을 들으면 기뻐하실 겁니다.

좀 섭섭하기도 할 것이고요.

이오카스테 그게 대체 뭔가요? 상반된 두 가지 감정을

어떻게 같이 느낄 수 있나요?

사자 코린트 지협 쪽에 사는 사람이

그분을 왕으로 추대하려 합니다.

그들은 그렇게 결정을 내렸다고 합니다.

이오카스테 그런가요? 폴리보스께서는 노인이긴 하지만

아직도 권력을 쥐고 있잖아요.

사자 전혀 그렇지 않습니다.

죽음이 그분을 무덤 속에 붙들고 있으니까요.

이오카스테 무슨 말이지요?

폴리보스가 세상을 떠났나요?

사자 그렇습니다. 그 말이 사실이 아니라면

저는 죽어 마땅하지요.

이오카스테 시녀야, 당장 네 주인에게 달려가

이 소식을 전하렴. 오! 신들의 신탁이여.

너희는 지금 어디에 있는가?

오이디푸스 님은 바로 그분을 죽이게 되었을지도

모른다고 오랫동안 두려워했거늘.

이제 그분은 오이디푸스가 아닌 자연에 의해 돌아가셨군.

오이디푸스 오, 세상에서 가장 사랑하는

내 아내 이오카스테여. 왜 나를 이리로 불러냈소?

이오카스테 이 사람의 말을 들어 보세요.

존귀한 신의 신탁이 어떻게 되었는지.

오이디푸스 그런데 이 사람은 누구이며,

내게 무엇을 전했다는 것이오?

이오카스테 코린트에서 왔어요.

당신 아버지 폴리보스께서 돌아가셨대요.

그 소식을 전하러 왔어요.

오이디푸스 그게 무슨 말이오.

　　이방인이 직접 말해 보시오.

사자 먼저 이 소식부터 확실히 전해야 하니,

　　잘 들어 보세요. 폴리보스께서 세상을 떠나셨습니다.

오이디푸스 음모에 의해? 아니면 병에 걸려서?

사자 노인의 육체는 사소한 일에도 몸져눕곤 하지요.

오이디푸스 가련하게도 병으로 돌아가신 계로군.

사자 그분의 연세가 많기도 합니다.

오이디푸스 아, 그렇다면 대체 사람이

　　델피의 예언하는 화로나 머리 위에서 지저귀는 새들을

　　거들떠 볼 일이 무엇이 있겠소. 여보?

　　새들의 가르침에 따르면 나는

　　아버지를 죽일 인물이라더니,

　　그분은 이미 고인이 되어 땅속에 누워 계시고,

　　이곳에 있는 나는 창을 건드리지도 않았으니.

　　혹시 그분이 내가 그리워 세상을 떠나셨다면 모를까.

　　그렇다면 나 때문에 돌아가셨다고 할 수 있겠지.

　　하지만 그 예언은 폴리보스 님을

　　내가 직접 무덤으로 이끈다 했지만,

　　병으로 하데스가 데려가셨으니

　　다시 생각할 가치도 없군.

이오카스테 제가 이미 말씀드렸잖아요.

오이디푸스 그랬지요. 하지만 나는 몹시 두려웠소.

이오카스테 이제 그런 예언에 더는 마음 쓰지 마세요.

오이디푸스 하지만 어떻게 내가 어머니와 동침을

　　　두려워하지 않을 수 있겠소.

이오카스테 인간은 우연의 지배를 받는데

　　　왜 두려움에 떨어야 하나요?

　　　그 어떤 예견도 확실하지 않은데 말이에요.

　　　어머니와의 결혼에 대해서도 걱정하지 마세요.

　　　이미 다른 남자들은 꿈에서

　　　그들의 어머니와 동침했으니까요.

　　　이런 것을 아무렇지도 않게 여기는 사람이

　　　인생을 편안하게 살아가지요.

오이디푸스 나를 낳아 주신 어머니가

　　　살아 계시지 않다면 당신 말이 모두 맞소.

　　　하지만 어머니가 살아 계시니 그분을 피해야만 하오.

이오카스테 당신 아버지의 죽음이

　　　우리에게 평온함을 가져다주었네요.

오이디푸스 다행이지. 다만,

　　　살아 있는 그 여인이 두렵소이다.

사자 그대가 두렵다는 여인은 도대체 누구인가요?

오이디푸스 폴리보스의 아내 메로페요. 외지인이여.

사자 그 신탁을 제가 알아도 괜찮을까요?

아니면 다른 사람이 알면 안 되는 것입니까?

오이디푸스 물론 알아도 되오.

아폴론께서 일전에 말씀하시기를

내가 내 어머니와 몸을 섞고,

내 손으로 아버지를 죽이게 될 것이라고 했소.

이 예언 때문에 나는 오랫동안

코린트에 있는 고향 집을 찾지 않았소.

그동안 행복하게 살았지만,

부모와 사는 것이 더 행복하지 않겠소.

사자 그것이 두려워 코린트에서 도망치셨나요?

오이디푸스 그렇소. 내 아버지를 죽이고 싶지 않았소.

사자 왕이시여, 제가 당신을

기쁘게 해 드리러 이곳에 왔는데도,

그 두려움이 사라지지 않은 것입니까?

오이디푸스 물론 그대는 나에게

합당한 대우를 받을 것이오.

사자 제가 이곳에 온 이유는

당신이 고향으로 돌아오시면

뭔가 제게도 이득이 될까 싶어서입니다.

오이디푸스 하지만 절대로 나는

부모님 곁으로 가지 않을 것이오.

사자 오, 아들이여. 그대는 분명

무슨 일을 하고 있는지 모르고 있군요.

오이디푸스 무슨 뜻이오? 제발 말해 주시오.

사자 만일 그대가 그 일 때문에

고향 집을 피하신다면 말입니다.

오이디푸스 포이보스의 신탁이 이루어질까 봐 두렵소.

사자 부모님 때문에 죄인이 될까 봐서요?

오이디푸스 그렇소. 나는 그것이 너무나도 두렵소.

사자 그렇다면 그대의 두려움은 전혀 근거가 없습니다.

오이디푸스 아무런 근거가 없다니.

내가 그 부모의 몸에서 태어났는데 말이요?

사자 폴리보스 님은 혈통 상

그대와 아무 관련이 없기 때문입니다.

오이디푸스 무슨 말이오?

폴리보스께서 내 친부가 아니란 말이오?

사자 그와 당신은 저와 당신 같은 관계입니다.

오이디푸스 아버지가 어찌해 남과 같다는 말인가?

사자 그분도 저도 당신의 친부가 아닙니다.

오이디푸스 그렇다면 그분께서

왜 나를 아들이라 하셨소?

사자 꼭 아셔야겠다면 말씀드리지요.

예전에 제가 당신을

폴리보스 님께 선물로 드렸습니다.

오이디푸스 아버지는 날 진심으로 사랑해 주셨소.

　　내가 친자식이 아니라면 어떻게 그럴 수 있었겠소?

사자 그때 폴리보스 왕께는 자식이 없어

　　당신에게 사랑을 베풀 수 있었습니다.

오이디푸스 당신이 나를 왕에게 선물로 줬을 때

　　나를 입양한 것이오?

　　아니면 우연히 길에서 발견한 것이오?

사자 키타이론산 계곡에서 당신을 발견했습니다.

오이디푸스 당신은 그때 그곳에서 무엇을 하고 있었소?

사자 양 떼를 돌보고 있었습니다.

오이디푸스 당신은 하인인데

　　이곳저곳을 자유롭게 돌아다닐 수 있었단 말이오?

사자 네, 당시에 저는 아무 데나 돌아다닐 수 있었고,

　　덕분에 당신을 구할 수 있었지요.

오이디푸스 당신이 나를 구해 줬을 때,

　　난 어떤 고통을 받고 있었소?

사자 당신의 발목이

　　그때의 고통을 말해 주고 있지 않습니까.

오이디푸스 오, 나의 오래된 불행이여!

　　왜 발목 이야기를 하는 것이오?

사자 그대의 두 발이 꼬챙이에 꿰뚫려 있었습니다.

　　그걸 제가 풀어 드렸지요.

오이디푸스 그럼 그날, 이 끔찍한 흉을 얻은 것이군.

사자 그 상처 때문에 그대는

　　　　지금의 이름 오이디푸스를 얻게 된 것이지요.

오이디푸스 신들의 이름을 걸고 부탁하니 말해 주시오.

　　　　어머니가 그랬소, 아니면 아버지가 그랬소?

사자 그건 저도 모릅니다. 그대를 건네준 사람이

　　　　저보다 많은 사실을 알고 있을 것입니다.

오이디푸스 그러면 그대가 주운 게 아니라

　　　　남의 손에서 받았다는 거요?

사자 그렇습니다. 다른 목동이 주었습니다.

오이디푸스 그자가 누구요? 말해 주시오.

사자 라이오스 님의 신하라고 하는 것 같았습니다.

오이디푸스 오래전에 이 땅을 지배하던 왕 말이오?

사자 물론입니다. 그자는 라이오스 왕의 목동이었습니다.

오이디푸스 그자는 지금 살아 있소? 만나 보고 싶소.

사자 이곳 주민인 그대들이 더 잘 알고 있겠지요.

오이디푸스 그대들 중에 이 사람이 말한

　　　　목부를 아는 사람이 있소?

　　　　어디서건 본 사람이 있느냔 말이오. 대답하시오.

　　　　내 출생의 비밀이 밝혀질 때가 되었소.

코러스장 제 생각에는 아까 왕께서 불러오라 했던

　　　　유일한 생존자이자 소작농을 말하는 것 같습니다.

그 일이라면 여기 계신 이오카스테께서

가장 잘 아실 것입니다.

오이디푸스 부인은 아까 내가 부른 그 사람을 아시오?

이오카스테 그자가 누구인들 무슨 상관입니까.

신경 쓰실 필요 없습니다.

그런 말은 다시 생각할 가치도 없으니까요.

오이디푸스 어찌 내가 그럴 수 있겠소.

이런 단서를 잡았는데

내 출생의 비밀을 알아야 할 것 아니오.

이오카스테 신들에게 걸고 바라건대,

당신 목숨을 소중히 여긴다면 제발 여기서 멈추세요.

저는 충분히 고통을 겪고 있어요.

오이디푸스 염려 마시오. 설령 내가 3대째 노예인

어머니의 자식으로 판명이 나도

당신은 비천한 여자로 보이지 않을 것이니.

이오카스테 제발 제 말 들으세요. 그만두세요.

오이디푸스 이 일이 확실하게 밝혀지는 게

꺼려진다 해도 나로서는 어쩔 수가 없소.

이오카스테 저는 당신을 위해

최선의 조언을 하는 것입니다.

오이디푸스 당신의 그 최선의 조언이

나를 괴롭히고 있소.

이오카스테 오, 불행한 이여.

자신이 누구인지 알지 못하기를.

오이디푸스 누가 날 위해 목부를 데리고 오겠는가?

이 여인은 자신의 부유한 가문의 명예를

즐기도록 내버려 두시오.

이오카스테 가여운 분, 저는 그저 당신을 위해

이 말밖에 할 수 없어요.

다른 말은 절대 하지 않을 것입니다.

코러스장 오이디푸스 님, 왜 부인께서는

깊은 슬픔에 잠겨 도망가시나요?

저 침묵으로부터 재앙이 올까 두렵습니다.

오이디푸스 재앙이 올 테면 오라지.

설령 내 혈통이 미천할지라도 나는 그것을 확인해야겠소.

저 여인은 자존심이 강하니까

아마 비천한 내 혈통을 부끄럽게 생각할 거요.

하지만 나는 너그러운 행운의 여신이

내 어머니라 생각하고 있소.

내 어머니와 형제가 누군지 알려진다면

내 지위는 지금처럼 위대할 수도

비천해질 수도 있겠지만,

나는 원래 그렇게 태어났기에

내 출생이 밝혀져도 두려울 게 없소.

나는 포기하지 않고 진실을 알아낼 것이오.

코러스 (좌)

만일 내가 예언하는 능력이 있고, 지식을 갖춘 현자라면
키타이론산이여, 올림퍼스에 맹세코 그대는 내일
보름달이 뜨면 알게 되리라.
오이디푸스께서 그대를 동향 땅으로, 유모로,
어머니로 높였다는 것을. 그리고 우리가
춤과 노래로 칭송하는 것은 그대가
우리의 통치자들께 호의를 베풀었기 때문이리라.
아폴론이여, 이 일이 마음에 드시기를!

(우)

내 아들이여, 누가 그대를 낳았는가?
불멸의 신 중 누가 너를 네 아비 목동에게 데려다줬는가?
누가 산허리를 배회하는가?
온 산과 들판을 사랑하는 아폴론이 너의 아버지인가?
어쩌면 킬레네산의 왕이 아닐까?
아니면 산꼭대기에 살던 디오니소스일까?
그것도 아니면 헬리콘산(지혜와 학식의 여신들이 거처하던
산)의 어떤 요정들일까?

오이디푸스 원로들이여, 나는 한 번도
교류한 적은 없지만, 짐작건대 우리가 전부터 찾던
바로 그 목부를 보고 있는 듯하오.

나이가 많아 보이는 것이

여기 이 외지인과 비슷한 데다

그를 데려오는 자들이 내 하인이오.

하지만 그대는 이전에 그 목부를 본 적이 있지 않소?

코러스장 알고 말고요. 그자가 틀림없어요.

라이오스의 하인이었고,

라이오스가 가장 믿었던 사람입니다.

오이디푸스 코린트의 이방인이여!

그대가 말하는 사람이 이 사람이오?

사자 그대가 보고 있는 그 사람입니다.

오이디푸스 이보시오, 할아범.

이쪽을 보고 내가 묻는 것에 대답하시오.

그대는 과거에 라이오스의 신하였소?

목자 네, 팔려 간 노예가 아니라

그분 집에서 자란 사람입니다.

오이디푸스 어떠한 일을 했소?

목자 평생 가축을 돌봤습니다.

오이디푸스 어느 지역에서 가축들을 돌보는가?

목자 때로는 키타이론산에서,

때로는 그 주변 지역에서 돌봤습니다.

오이디푸스 그렇다면 그곳에서 만난

이 사람을 알고 있는가?

목자 어디서 말입니까?

도대체 누구를 말하는 것입니까?

오이디푸스 여기 있는 이 사람 말이다.

이전에 그와 무슨 거래를 했었는지 기억나는가?

목자 기억이 나지 않아 말씀을 못 드리겠습니다.

사자 놀랄 일이 전혀 아닙니다, 왕이시여!

그의 기억을 제가 되살리겠습니다.

우리가 키타이론 지역에서 보낸 그 시간을

그는 분명히 기억할 것입니다.

그는 두 무리의 양 떼를,

저는 한 무리의 양 떼를 돌보고 있었습니다.

초봄부터 가을까지 6개월 동안 함께 있었습니다.

그러다가 겨울이 되면 저는 가축들을 축사로 데려갔고,

이 사람은 라이오스의 무리로 돌아갔지요.

내가 하는 말이 맞지 않소?

아니면 없던 사실을 지어내는 것 같소?

목자 사실입니다. 비록 오래전 이야기지만.

사자 그럼 말해 주시오.

당시 어떤 아기를 내게 준 걸 기억하오?

양자로 기르라고 말이오.

목자 무슨 말을 하는 겁니까? 왜 그런 것을 묻는 거요?

사자 친구여! 그때의 그 아기가 바로 이분이시다.

목자 이놈아, 당장 그 입을 닥치지 못할까!

오이디푸스 할아범, 진정하게나.

사자의 말보다 당신의 말이 더 불쾌하니.

목자 위대하신 왕이시여, 제가 무엇을 잘못했습니까?

오이디푸스 그대는 이 사람이 물어본

아기에 대해서 말하지 않았기 때문이다.

목자 그는 아무것도 모르면서

헛소리를 지껄이고 있습니다.

오이디푸스 이렇게 좋게 상대해 줄 때

말하지 않으면 나중에는 울면서 대답하게 될 것이다.

목자 제발 부탁이오니 이 늙은이를 학대하지 마소서.

오이디푸스 누가 당장 저자의 두 팔을 뒤로 묶어라.

목자 왜 이러십니까? 무엇을 더 알고자 하시나요?

오이디푸스 이 사람이 말한 그 아기를

그대가 이 사람에게 준 게 맞는가?

목자 맞습니다. 차라리 그날 내가 죽었어야 하는 건데.

오이디푸스 그러잖아도 바른대로

말하지 않으면 죽을 것이다.

목자 만약 제가 사실을 말한다면

제 죽음의 고통은 더 심해질 것입니다.

오이디푸스 아니, 이자가 시간을 끌고 있군!

목자 절대 그렇지 않습니다.

제가 준 게 맞다고 얘기하지 않았습니까?

오이디푸스 아기는 어디서 났느냐?

그대 집안의 아기인가,

아니면 다른 곳에서 데려온 아기더냐?

목자 저희 집안 아기가 아니고 데리고 온 아기입니다.

오이디푸스 여기 있는 시민 중

누구한테, 어느 집에서 받았느냐?

목자 주인님, 제발 더는 묻지 말아 주십시오.

오이디푸스 내가 똑같은 것을 다시 묻게 만든다면,

너는 정말 죽음을 맞이할 것이다.

목자 그렇다면 말씀드리겠습니다.

라이오스의 친척 중 누군가가 주었습니다.

오이디푸스 노예였느냐?

아니면 그분의 친척이 준 것이냐?

목자 아, 이제는 그 끔찍한 사실을 말해야 하는구나.

오이디푸스 나는 반드시 진실을 알아야만 한다.

목자 그분의 아들이라고 했습니다.

안에 계신 부인께서 어찌 된 일인지

가장 잘 알고 있을 겁니다.

오이디푸스 그녀가 아기를 주었단 말인가?

목자 그러하옵니다.

오이디푸스 무엇 때문에?

목자 저에게 아기를 없애 버리라고 했습니다.

오이디푸스 자기 아기에게 그럴 수 있다고 생각하나?

목자 예언이 불길했기 때문입니다.

오이디푸스 어떤 예언인가?

목자 그 아기가 아버지를 죽일 거라는 내용이었습니다.

오이디푸스 그런데 그대는 왜 그 아기를

　　　　　이 노인에게 주었느냐?

목자 그 아기가 불쌍했습니다, 주인님.

　　　저는 그가 아기를

　　　자기 고향 땅으로 데리고 갈 줄 알았습니다.

　　　그런데 그게 가장 큰 불행을 가져왔나이다.

　　　이자가 말하는 아기가 당신이라면

　　　이 끔찍한 사실을 다 알게 되신 거 아닙니까?

오이디푸스 아, 모든 것이 사실이었구나.

　　　　　오, 빛이여! 내가 너를 보는 것도 이제는 마지막이구나!

　　　　　나야말로 태어나서는 안 될 사람이었구나.

　　　　　또 결혼해서도 안 될 사람과 결혼해

　　　　　죽여서는 안 될 사람을 죽였구나!

코러스 (좌 1)

　　　아, 그대들 필멸의 종족이여.

　　　그대들의 삶은 아무것도 아니구나.

　　　영원할 것 같던 행복이, 겉치레 같던 기쁨이 저무는구나.

오, 불행한 오이디푸스여.

그대가 맞이할 운명을 보며

어찌 누가 행복하다고 말할 수 있겠는가!

(우 1)

활을 쏘는 솜씨가 일품이던 제우스여!

스핑크스를 죽이고 그녀를 비밀스러운 노래로

잠들게 하셨으니! 죽음에 대항하는 탑처럼

우뚝 서 계셨던 그때 우리는 오이디푸스,

당신을 왕으로 추대했다. 모든 남자들이

강력한 테베의 통치자 당신을 따랐다.

(좌 2)

하지만 지금 누구의 이야기가 이보다 더 비참할까.

온 삶이 바뀌어 이보다 더 잔혹한 재앙과 고통을

받는 이가 있을까? 아, 명성 높으신 오이디푸스여.

어쩌다 당신의 어머니를 아내로 맞이했는가.

이 끔찍한 일은 어찌 이리 오랫동안

침묵 속에 묻혀 있었단 말인가!

(우 2)

이제는 모든 진실을 마주 봐야 할 시간이다.

결국 결혼해선 안 될 두 사람이 결혼했고,

그 진실이 모두 밝혀졌다.

이제는 그 참상에 대한 벌을 받아야 할 때.

라이오스의 아들이여, 차라리 만나지 말 것을!

죽음을 애도하듯 그대의 운명을 애도하겠다.

나를 살려 준 건 그대였거늘,

이제 내 목숨은 죽은 것이나 다름없구나!

사자 2 이 땅에서 항상 가장 존경받는 분들이여,

여러분은 어떤 일을 듣고, 어떤 일을 보고,

큰 슬픔을 겪게 될 것입니다.

여러분이 여전히 라브다코스 가문에 충성하신다면

애통한 소식을 듣게 될 것입니다.

이스터(고대에 다뉴브강을 칭하던 이름)나

파시스(고대에 리오니강을 칭하던 이름)의 강물로도

이 집을 씻어 정화할 수 없을 테니까요.

이 집은 그만큼 많은 재앙을 숨기고 있고,

고의든 고의가 아니든 세상에

그 재앙들을 드러낼 것입니다.

사람이 겪는 고통 중 가장 아픈 것은

스스로 가한 고통일 것입니다.

코러스장 이미 알고 있는 것만으로도

비탄을 금치 못할 텐데 무슨 말을 더하려 하는가?

사자 2 여러분이 쉽게 알아듣도록 말씀드리자면

여신 같은 이오카스테 왕비님이 세상을 떠나셨소.

코러스장 아, 가련하신 분. 어쩌다 그리되셨을까요?

사자 2 스스로 목숨을 끊으셨습니다. 아마 당신들은

그런 끔찍한 일은 본 적이 없을 것입니다.

정말 다시 생각하기 어려울 만큼 잔인한 장면이었습니다.

제가 기억하는 한도 내에서 말하자면

불쌍한 그분은 미친 듯이 현관에 들어서더니

곧장 부부의 침상으로 달려갔습니다.

그리고 두 손으로 머리를 뜯으며 곧장 침대로 달려가

이미 고인이 되신 라이오스를 불러

그에게 오래전에 낳은 아들을 기억해 내라고

울분을 토하셨습니다. 남편에게서 남편을

자식에게서 자식을 낳았다는 사실에 슬퍼하셨습니다.

하지만 그분이 그다음에는

어떻게 세상을 떠났는지 모릅니다.

오이디푸스께서 소리를 지르면서 뛰어 들어오셔서

이리저리 뛰어다니는 바람에

왕비님의 고통을 끝까지 지켜보지 못했습니다.

그분은 우왕좌왕하며 우리에게 창을 달라고 하셨고,

아내는, 자신의 아내가 아니라

자신과 자신의 자식들을 낳은 어머니는

어디 계시냐고 물었습니다. 미쳐 날뛰시는 그분은

마치 어떤 신에게 이끌려 다니는 것 같았습니다.

그분은 무섭게 고함을 지르면서

침실 이중문으로 돌진했고,
빗장을 풀어 방 안으로 뛰어 들어갔습니다.
왕비님께서 꼬인 올가미에 목을 매고 있는
상태였습니다.
왕비님을 보자 그분은 무섭게 울부짖으며
밧줄을 끊었습니다. 가련하신 부인을 바닥에 눕히고는
끔찍한 일을 행하셨습니다.
그분께서는 왕비님 옷에 꽂혀 있는 황금 브로치를 뽑더니
자신의 눈알을 찔렀던 것입니다.
그러면서 외치셨습니다.
그 눈들은 그가 당한 것이든 행한 것이든
자신이 저지른 끔찍한 것을 보지 말라고,
이제는 어둠 속에서 보지 않아야 하는 것을 봐야 하고,
간절히 그리워했던 것을 볼 수 없다는 말만 되풀이하며
계속해 손가락으로 눈을 찔렀습니다.
그때마다 눈에서 흘러나온 피가
그분의 수염을 적셨어요.
핏방울이 흘러내리는 게 아니라
소나기 같은 검은 피가 흘렀던 것입니다.
그가 누렸던 지난날의 행복은 진실한 행복이었습니다.
하지만 오늘은 비탄과 파멸, 죽음과 치욕, 그리고
온갖 재앙이 그들을 덮쳤습니다.

코러스장 불쌍하신 그분의 고통은 좀 잦아드셨는가?

사자 2 그분께서는 빗장을 열어젖히고

소리 지르고 있습니다.

카드모스의 모든 자손에게 말하기를

자신은 아버지를 죽인 살인자이자, 어미의…….

저는 차마 말할 수 없습니다.

그는 자신의 저주로 집안이 더럽혀지지 않도록

이 집에 머물지 않고 떠날 것 같습니다.

하지만 그는 힘도 없고 길잡이도 없어요.

상처가 너무 깊어서 견디기 힘들 겁니다. 저길 보세요.

문의 빗장이 열리고 있잖아요.

그분을 미워하는 적이더라도 동정하지 않을 수 없는

끔찍한 광경을 그대는 보게 될 겁니다.

코러스장 차마 눈 뜨고는 볼 수 없는 무서운 고통이여.

내 생전에 이런 일을 보게 될 줄이야.

가련한 분, 어떤 광기가 당신께 스며들었나이까?

도대체 어느 신이 그대에게 불운한 운명을,

인간이라면 도저히 이겨 낼 수 없는 고통을 주었는가.

아, 슬프도다. 불운한 분이여!

저는 당신을 바라볼 수 없습니다.

묻고 싶은 것도, 알고 싶은 것도 너무나 많지만

당신을 볼 수 없습니다.

당신을 보니 공포로 몸이 떨리지만,

아직 저는 봐야 할 게 너무나 많습니다.

오이디푸스 (노래한다.) 아아, 슬프고도 슬프도다.

이제 나는 어디로 가야 하는가. 어찌 공기의 날개가

내 목소리를 쓸어 올릴 수 있겠는가. 나의 운명이여!

어찌 이리 멀리 와 버린 것인가.

코러스장 듣기도 보기도 끔찍한 광경이구나.

오이디푸스 (노래한다.) 오, 끔찍한 암흑이 나를 삼켰다.

공정하고 치명적인 이 이름 없는 방문자에

나는 저항조차 할 수 없구나.

찌르는 듯한 고통이 나를 꿰뚫어

지배하려 드는구나. 아! 수치스러운 기억들이여.

코러스장 왕이시여! 당신이 받는 고통이

놀랍지도 않습니다. 육체와 정신의 고통!

배로 아프시겠지요.

오이디푸스 (노래한다.) 내 친구여, 그대는 아직

나의 동행자로군. 눈먼 나를 걱정하면서

이 장님을 돌보는구려. 아, 내가 비록 암흑 속에 있지만

그대의 목소리는 분명히 알아들으니.

코러스장 끔찍한 일을 당한 왕이시여,

어찌해 스스로 눈을 멀게 하였나이까.

도대체 어떤 신이 부추겼습니까?

오이디푸스 (노래한다.) 그것은 아폴론, 아폴론이었소.

나의 불행과 고통을 완성한 분은.

하지만 눈을 찌른 것은

가련한 내 손이 그렇게 한 것이오.

앞을 보고도 즐거운 일이 없는데

내가 눈을 뜨고 있을 이유가 무엇이 있겠소.

코러스장 맞는 말이기는 합니다.

오이디푸스 (노래한다.) 내가 이제 무엇을 볼 수 있고,

무엇을 사랑할 수 있으며, 어떤 대접을 받은들 즐겁겠소.

나를 이 나라 밖으로 데려가 주시오.

이 세상에서 가장 저주받고,

하늘의 신들에게 가장 미움받는 나를.

코러스장 그대는 자신의 운명에 대한 통찰력 때문에

불행해졌습니다.

내 그대를 알지 못했더라면 얼마나 좋을까.

오이디푸스 (노래한다.) 내 발에 채워진

잔혹한 족쇄를 풀고 죽음에서 나를 끌어내

구한 자는 파멸하기를. 조금도 고맙지 않은 그자.

내 그때 죽었더라면

친구들과 나 자신에게 이리 큰 고통은 되지 않았을 것을!

코러스장 내 바람도 그러합니다.

오이디푸스 (노래한다.) 그랬더라면 아버지를

살해한 자가 되지 않았을 것이고,

나를 낳아 준 여인을 배우자로 삼지 않았을 것을.

이제 나는 신들에게 버림받아

부정한 여인의 아들이 되고,

나를 낳아 준 그분들의 자식을 낳은 자요.

모든 재앙을 뛰어넘는 불행이 있다면

그것은 오이디푸스의 것이구나.

코러스장 그렇다고 해도 저는

그대의 선택이 잘한 것이라고는 생각하지 않습니다.

장님으로 사느니 죽는 게 낫지요.

오이디푸스 이렇게 한 것이 최선은 아니었다고

말하지 마시오. 아무 충고도 조언도 하지 마시오.

내가 눈이 멀지 않은 채 하데스의 집에 이르면,

도대체 어떤 면목으로

아버지와 불쌍한 어머니를 볼 수 있겠소.

두 분께 지은 죄는 내가 올가미로 목을 맨다고

갚을 수 있는 것이 아니라오.

또 내 아들들을 볼 때 그렇게 태어난 그 아이들이

내게 사랑스러워 보일 것 같소?

전혀 그렇지 않을 것이오. 도시도, 이 성탑과 성벽도,

신전 안의 신성한 신상들도 보고 싶지 않소.

한때는 테베의 둘도 없는 가장 뛰어난 사내로서

사랑받던 내가 지금은 가장 불쌍한 인간이 된 내가
스스로 모든 것을 박탈한 것이오.
나 자신이 모든 이들 앞에서 라이오스의 친족이라도
그를 죽인 자는 모두 쫓아내라고 명령했소.
큰 오점을 남긴 내가
그들을 어떻게 뜬 눈으로 볼 수 있겠소.
그건 말이 안 되오. 오히려 귀로 들려오는 소리도
막을 수 있다면 서슴지 않고 내 이 비참한 육신을
가두는 것도 사양하지 않을 거요.
눈먼 이유를 묻는 그 어떤 말도 듣지 않기 위해서.
영원히 고립된다면 고통으로부터 격리돼
기쁨을 느낄 수 있겠지. 아, 키타이론이여.
왜 나를 받아 주었는가?
왜 나를 취해 바로 죽이지 않았는가?
그랬다면 내 출생을 사람들에게
밝히지 않아도 되었을 것을. 오, 폴리보스여, 코린트여.
그리고 옛집이여. 어쩌자고 너희는 나를
얼마나 아름다운 것으로
숨어 있는 사악한 상처로 키워 냈는가!
지금 나는 사악한 자이고,
사악한 것들에게서 나온 자임이 드러났으니 말이오.
오, 삼거리여. 숨겨진 골짜기여.

숲과 세 갈래 길의 좁은 길목이여.
너희는 내 손에서 나 자신의 피인
내 아버지의 피를 마셨으니 아마 기억할 것이다.
너희 앞에서 내가 어떤 짓을 저질렀으며,
그 후 이곳에 와서 어떤 일을 저질렀는지!
오, 부모여, 어머니여. 너희는 나를 낳고
다시 네 자식에게 자식들을 낳아 인간들 가운데
그토록 수치스러운 일을 저지르게 됐구나.
하지만 해서는 안 되는 것을 말하는 것도 좋지 못하니.
신들의 이름으로 청하건대,
되도록 나를 나라 밖으로 숨겨 주시오.
아니면 죽이든지 바다에 던져 버리시오.
그대들이 다시는 보지 못할 곳으로.
이리 달려와 비참한 나를 잡으시오.
두려움에 떨지 말고 내 말을 잘 들으시오.
나의 불행은 나 이외의 사람 중
그 누구도 감당할 수 없으니.

코러스장 간절히 원하는 것이 어떤 행동이건
　　　조언이건 여기 크레온께서 오셨습니다.
　　　당신을 대신해 이 나라를 지켜 줄 분은 그분이니까요.

오이디푸스 그자는 무슨 말을 할 것인가?
　　　나와 적대적이었던 그자를

내가 어떻게 신뢰할 수 있을까.

크레온 오이디푸스여, 저는 그대를 비웃거나

지난날의 잘못을 따지러 온 것이 아닙니다.

다만, 당신이 더는 인간들을 사랑하지 않는다고 해도,

만물을 길러 주는 태양의 신에게만큼은 경의를 표해

저주로 더러워져 본인의 빛을 잃지 않도록 하십시오.

(하인들에게) 왕을 어서 집 안으로 모시거라!

왕의 아픔은 오로지 왕족만 들음이 마땅하니.

오이디푸스 자네는 나와 사이가 안 좋았음에도

나를 이리 고귀하게 대해 주는구나.

신들의 이름으로 청하건대, 내 말을 좀 들어 주게.

나를 위해서가 아닌 자네를 위해서.

크레온 도대체 무엇이 필요해 이러십니까?

오이디푸스 되도록 빨리 나를 이 땅 밖으로 내쫓아

누구와도 말을 섞지 않게 해 주게.

크레온 그렇다면 제가 어떻게 해야 할지

신들에게 먼저 묻고 싶습니다.

오이디푸스 신들의 의견은 이미 밝혀졌지 않나.

아버지를 죽인 불경스러운 나를 없애라고 하셨었네.

크레온 신탁은 그랬지요.

하지만 우리가 처해 있는 상황에서는

어떻게 하는 것이 좋을지 물어야 할 것 같습니다.

오이디푸스 나 같은 불행한 인간을 위해

신탁을 구할 셈인가?

크레온 네, 당신도 이제 신을 믿지요?

오이디푸스 믿겠네. 그리고 부탁하건대

나는 그대에게 모든 걸 맡기고 싶네.

궁전 안에 있는 여인의 장례는

자네 친족이니 자네가 치러 주게.

친척이니 의식을 제대로 치러 줄 거라 믿네.

나를 위해서는 내가 살아 있는 동안에는

내 아버지의 나라가 나를

시민으로 여기는 일이 없게 해 주게.

그리고 나를 산에서 살도록 해 주길 바라네.

내 고향인 키타이론에.

그곳은 어머니와 아버지께서 살아 계실 때

내 무덤으로 정한 곳이니. 나를 죽이려 한

그분들 뜻에 따라 나도 거기에 묻히고 싶다네.

하지만 이것만은 나도 알고 있네.

내가 질병이나 다른 사고로 죽지 않을 것이라는 걸.

끔찍한 불행을 위해서가 아니라면

나는 죽음으로 구원되진 않을 테니.

내 운명이 어디로 가건 그냥 놓아두게.

또 자식들 가운데 내 아들들은

자네가 걱정할 필요가 없네.

사내들은 어디서든 살길을 마련할 것이니.

하지만 가련하고 불쌍한 두 딸은

내 식탁에서 늘 함께 음식을 먹었고,

내가 손대는 모든 것을 함께 먹었으니,

그 애들을 잘 부탁하네. 나를 위해 그렇게 해 주게.

그리고 부디 내 손으로 그 아이들을 만져 보고

내 불행을 슬퍼하는 걸 막지 말아 주게.

어서, 왕이여! 허락해 주게.

고귀하게 태어난 이여, 손으로 그 애들의 손을 만지면

내 눈이 보이던 때처럼

그 애들이 나와 함께 있다고 생각할 수 있으련만.

(안티고네와 이스메네 등장)

오이디푸스 옹? 이게 무슨 소린가?

귀여운 내 두 딸이 흐느끼는 소리가 들리는군.

크레온이 나를 동정해 내 귀염둥이들을 보내 준 것인가?

내 말이 맞지?

크레온 맞습니다. 제가 그렇게 시켰습니다.

예전에 당신의 즐거움을 알기에 말입니다.

오이디푸스 자네에게 축복이 내리기를!

그리고 그대의 호의에 대한 보답으로 신께서
나를 지켜 주신 것보다 더 많이 지켜 주시기를!
(딸들에게) 얘들아, 너희는 어디 있는 것이냐?
자, 이리 오렴. 같은 어머니에게서 태어난
나의 손이 닿는 곳으로!
한때 밝았던 너희 아비의 두 눈을
이렇게 만들어 버린 손으로.
오! 아이들아. 그는 보지 못하고 알지 못하고,
내가 태어난 바로 그곳에서 아비가 되었다.
내 너희를 위해 우노라. 비록 보지는 못하지만,
너희 둘이 사람들에게 어떤 일을 당하면서 살아갈지.
너희는 시민들의 모임에,
또 어떤 축제에도 갈 수 없겠지.
거기서 구경은커녕 흐느끼며 집으로 돌아오겠지.
그리고 너희가 결혼할 나이가 되면 위험을 무릅쓰고
너희를 받아들일 남자는 없을 거다.
큰 비난을 감수하지 못할 테니.
나의 후손들과 너희 모두에게 독이 될 위험 말이다.
이런 말을 하는 이유는…….
너희 아버지는 제 아버지를 죽였단다.
자신의 씨앗이 뿌려졌던 바로 그 여인의 밭에서
너희를 얻었단다. 너희는 이런 비난을 받을 것이다.

그러니 누가 너희와 결혼하겠느냐.

너희는 자식도 못 낳고 처녀의 몸으로 늙겠구나.

(크레온에게) 오, 메노이케우스의 아들이여.

저들을 낳은 두 사람이 다 파멸했으니

이 애들의 아버지는 자네일세.

그대의 친족인 이들이 남편도 없이

거지가 되어 떠돌지 않도록 보살피고,

이 애들이 나처럼 불행해지지 않게 해 주기를 바라네.

어린 나이에 모든 것을 잃은 이 애들을

불쌍히 여겨 주게. 고개를 끄덕여 주오.

오, 고귀한 이여. 약속의 표시로

자네 손으로 이 애들을 어루만져 주게.

(딸들을 향해) 얘들아, 만일 너희가 분별력이 있다면

너희 둘에게 많은 충고를 해 줄 수 있지만

앞으로는 이렇게 기도해 다오.

이 아비는 방랑하면서 살겠지만,

너희는 아비보다 나은 삶을 살게 해 달라고.

크레온 눈물도 흘릴 만큼 흘렸으니

이제 집 안으로 드시지요.

오이디푸스 싫어도 자네 말을 따라야겠지.

크레온 모든 일은 시기가 맞을 때가 좋은 법이지요.

오이디푸스 내 부탁이 무엇인지 알고 있는가.

크레온 말씀하세요.

오이디푸스 나를 이 땅에서 추방해

　　떠돌이로 만들 방도를 생각하란 말일세.

크레온 그건 신께서 하실 일입니다.

오이디푸스 하지만 나는 신들에게 미움을 받고 있다네.

크레온 그러시다면 곧 소원이 이루어지겠지요.

오이디푸스 그렇다면 내가 떠나는 것을 허락하는가?

크레온 네, 저는 마음에 없는 빈말은 하지 않습니다.

오이디푸스 그렇다면 나를 여기서 쫓아내 주게.

크레온 이제 가시지요. 하지만 애들은 놓아 주세요.

오이디푸스 내게서 이 애들을 빼앗아 가지 마.

크레온 모든 일을 지배하려 하지 마십시오.

　　그대가 평생 지배한 것들도 평생 당신을 따르지 않았으니.

코러스장 내 조국 테베의 주민들이여, 보라.

　　이 사람이 유명한 수수께끼를 풀었고 가장 강한 자였다.

　　그의 행운을 선망의 눈길로 바라보지 않은 자

　　누구였던가? 하지만 그런 그가

　　얼마나 무서운 재난의 파도에 휩쓸렸는지.

　　항상 생의 마지막 날을 보려고 기다리는 동안

　　누구도 행복하다 할 수 없소이다.

　　그가 드디어 고통에서 해방되어

　　삶의 종말에 이르기 전에는.

안티고네

Antigone

<등장인물>

안티고네 오이디푸스 왕의 딸
이스메네 오이디푸스 왕의 딸, 안티고네의 동생
크레온 테베의 왕
에우리디케 크레온의 아내
하이몬 크레온의 아들
테이레시아스 눈먼 예언자
파수꾼 폴리네이케스(오이디푸스의 아들)의 시체를 지키는 자
사자
코러스 테베의 원로들

<장소>

테베의 궁전 앞

안티고네 오, 내 친자매 이스메네여.

아버지에게서 비롯된 온갖 불행 중

제우스께서 아직 살아 있는 우리에게

내리지 않은 재앙은 없구나.

우리는 그동안 고통과 재앙, 수치스러움과 모욕 등에서

벗어날 수 없었지. 왕께서 모든 시민에게 내리셨다는

포고는 또 무엇인지. 너는 무슨 얘기 들은 것이 없느냐?

아니면 우리 친구들이 우리와 원수지간이 될

운명이라는 것을 너는 모르고 있는 것이냐?

이스메네 언니, 기쁜 일이든 슬픈 일이든

나는 들은 게 아무것도 없어요.

우리가 같은 날 두 오빠를 잃은 뒤로는 말이에요.

나는 아르고스 군대가 이곳에서 물러난 뒤로는

우리에게 행운이 올지, 불행이 올지 알지 못해요.

안티고네 그래, 그럴 줄 알았어.

그래서 너를 궁전 문밖으로 나오게 한 거야.

이스메네 무슨 일이 생긴 건가요?

언니는 아무도 모르게 어떤 계획을 세웠나요?

안티고네 크레온께서는 우리 오빠 중 한 명의 장례는

성대하게 치르고, 다른 한 명은

장사를 지내지 못하게 하셨단다.

사람들이 말하기를, 에테오클레스 오빠는

바른 법도와 관습에 따라 땅속에 묻어

명예를 누리도록 했으나 불쌍한 폴리네이케스 오빠는

무덤에도 묻지 못하게 하고,

시민들에게는 그 어떤 애도도 하지 말라고 했다는구나.

그렇게 무덤도 만들지 않고

새 떼들의 먹이로 만들라고 하셨대.

사람들의 말에 따르면, 크레온께서 그런 포고를

너와 나에게 알려 주기 위해 직접 이리로 오신단다.

그분은 이번 포고를 엄중하게 생각해

이를 어기는 자는 시민들에게

돌로 쳐 죽이라고 하셨다는구나. 잘 알고 있으렴.

일이 이렇게 되었으니 이제 너는 네가

고귀한 혈통을 이어받았는지,

아니면 고귀한 혈통이지만

미천한 여자인지 보여 줄 때가 됐어.

이스메네 오, 언니! 상황이 그렇다면

제 힘으로 막을 방법은 없을까요?

안티고네 너와 내가 함께 할 수 있는 일을

잘 생각해 보아라.

이스메네 언니, 무슨 일을 저지르려는 거예요.
　　　　무슨 생각이라도 있나요?

안티고네 내가 시신 옮기는 것을 네가 도와주었으면 해.

이스메네 시민들에게 포고령이 내려졌는데
　　　　오빠를 땅에 묻어 주기라도 하려고요?

안티고네 나는 네가 원치 않더라도 할 거야.
　　　　나는 절대 오빠를 배신할 수 없어.

이스메네 정말 대단해요. 하지만 크레온 님께서
　　　　금한 일인데도 할 건가요?

안티고네 내가 내 가족을 위하는 일을
　　　　그분께서 막으실 권리는 없어.

이스메네 잘 생각해 봐요, 언니.
　　　　우리 아버지께서 어떤 혐오를 받으며
　　　　불명예스럽게 돌아가셨는지를.
　　　　잘못의 대가로 스스로 두 눈을 찌르고서 말이에요.
　　　　또 어머니이자 아내라는 호칭을 동시에 가진
　　　　불행한 여인이 꼰 올가미로
　　　　스스로 목숨을 끊으셨잖아요.
　　　　그리고 두 오빠가 같은 날 친족을 살해하면서
　　　　서로가 겨눈 손으로 같은 운명을 맞이했어요.
　　　　잘 생각해 보세요. 겨우 살아남은 우리가

법을 무시하고 왕의 명령을 따르지 않으면
죽음을 면치 못할 거예요. 우리는 명심할 필요가 있어요.
우린 여자라 남자들과 맞서 싸울 수가 없어요.
또 우리는 우리보다 훨씬 강한 자의 지배를 받고 있으니
크레온 님의 명령으로 더 고통스러운 일이 벌어지더라도
참아야 해요. 우리에게는 이제 어찌할 도리가 없기에
지하에 계신 분들에게 용서를 빌고
권력을 잡은 분에게 복종해야 해요.
무모한 행동은 아무 의미가 없어요.

안티고네 나는 너에게 강요하지는 않겠어.
설령 네가 함께한다고 해도 달갑지 않을 거야.
너는 하고 싶은 걸 선택해.
나는 오빠를 묻어 드려야겠어.
그렇게 도리를 하고 죽는다는 것은 아름다운 일이지.
나는 누이로서 책임을 다하고 오빠 시신 옆에 묻히겠지.
경건한 범죄를 저지르고 나면
이곳 사람들보다 지하에 계시는 이들의
마음에 들어야 할 시간이 더 길 테니 말이야.
나는 그곳에서 영원히 누워 있게 되겠지.
그런데 네가 오빠를 배신하고 싶다면
신들께 바쳐질 존중을 버리게 되는 것이야.

이스메네 존중하지 않는 게 아니에요.

하지만 내게는 왕권에 대항할 힘이 없는걸요.

안티고네 그건 평계에 불과해.

그래도 나는 오빠를 위해 무덤을 만들겠어.

이스메네 아, 언니. 언니가 너무 걱정돼요.

안티고네 내 걱정은 하지 말고 네 앞일이나 걱정하렴.

이스메네 하지만 아무에게도 이 말을 해서는 안 돼요.

나도 그럴게요.

안티고네 왜, 차라리 큰 소리로 외치렴.

네가 이를 사람들에게 알리지 않으면

너는 정말 비겁한 거야.

이스메네 언니는 지금 슬픈 일 때문에 흥분했어요.

안티고네 나는 내가 즐거운 일을 할 때가 가장 행복해.

이스메네 그렇게 할 수 있다면 좋겠지만

언니는 무모하게 생각하고 있는 겁니다.

안티고네 그러니까 내 힘이 다하는 대로

성심껏 할 거야.

이스메네 불가능한 일을 하려는 건 좋은 게 아니에요.

안티고네 그래, 힘에 부치면 그만둬야지.

이스메네 정말이지 불가능한 일이에요. 제발, 언니!

안티고네 네가 자꾸 나의 길을 막으면

넌 나에게 미움을 받게 될 거야.

돌아가신 분들에게도 미움을 받을 테고.

너는 내가 나의 어리석은 계획 때문에

끔찍한 일을 당하도록 내버려 두렴.

나에게 가장 끔찍한 건 명예롭지 못하게 죽는 것이니까.

이스메네 정 그렇다면 원하는 대로 하세요.

하지만 이것만은 명심하세요.

비록 언니가 가는 길이 옳지 않지만,

언니가 사랑하는 사람들에게는

진실로 언니가 사랑스럽게 여겨질 거예요.

(안티고네와 이스메네 따로 퇴장)

코러스 (좌 1)

테베 일곱 성문에 일찍이 떠오르는

가장 아름다운 햇살이여,

마침내 그 모습을 드러내셨군요.

황금빛 날의 눈이여, 디르케(테베에서 섭정하던 리코스의

아내)강 위를 걷는구나.

완전 무장을 하고 아르고스에서 온 흰 방패의 전사를

그대가 쫓아버리니 그는 허둥지둥 도망쳤네.

폴리네이케스와의 싸움을 빌미로

이곳을 파멸시키러 왔구나.

눈처럼 흰 날개들에 덮인 독수리가 땅을 덮치듯

수많은 무구와 말총 장식의 투구들과 함께
우리를 덮쳤도다.

(우 1)
그는 지붕 위에 멈춰 서서 부리를 크게 벌리고
피에 굶주린 것처럼 일곱 성문 앞을 에워쌌다네.
그런 그가 갑자기 성문에서 물러갔다네.
우리의 피로 입을 가득 채우다가
헤파이스토스(아프로디테의 남편으로 불과 대장간의 신)의
불이 우리의 탑을
무너뜨리기도 전에
격렬한 아레스(헤라의 아들로 전투를 즐기는 신)의 소음이
등 뒤에 퍼지고 있었도다.
용과 싸우려는 것은 무리였네.
제우스께서 오만하게 호언장담하는 그를 미워하셨다.
그들이 오만하게 황금빛 무구를 헛되이 뽐내며
물길처럼 달려오는 것을 보자 목적지에 닿아
승리의 환호성을 지르는 그들에게 불을 내던져
그를 쓰러뜨리셨네.

(좌 2)
그러자 비틀거리며 땅 위에 내던져졌다네.
불 나르는 자는 광란하며
우리에게 미친 듯이 덤벼들었지만

그 위협은 뜻대로 이루어지지 않았네.

병사의 운명이 그렇게 져 버리고,

살아남은 자들이 본 끔찍한 죽음도 결국은

우리의 구원자, 아레스의 의지라네.

테베의 일곱 성문으로 진격하던 아르고스 적군들은

모두 쓰러지고, 그들의 청동 무구는

테베의 제우스 신전에 공물로 바쳐지리라.

그들은 한 아버지와 같은 어머니에게서 태어났지만

잔혹한 운명에 의해 서로에게

죽음을 선사하는 창을 꽂아 서로를 죽였도다.

(우 2)

하지만 영광스러운 승리의 여신께서 테베를 향해 웃으니,

우리는 환희로 화답하라.

방금 벌어졌던 전쟁이 끝났기에 이제는 잊어야 한다.

모든 신전에 찾아가 밤을 지새워 춤추고 노래하거나.

디오니소스 님이시여! 땅을 흔드시며

우리의 앞길을 살펴주소서.

코러스장 이 땅의 왕이 되신

메노이케우스의 아드님 크레온 님이

신께서 하사하신 행운을 몰고 오시는구나.

무슨 계획이 있기에 원로들을 소집하셨을까?

(크레온 등장)

크레온 원로들이여! 우리 도시는 신들께서
　　　　풍랑으로 흔드시다가 다시 안전하게 세우셨소.
　　　　그대들에게 사자를 보내 부른 것은
　　　　그대들이 라이오스의 왕좌에 충성과 격려를
　　　　표명했음을 잘 알고 있기 때문이오.
　　　　또 오이디푸스가 이 도시를 바로 세웠을 때도,
　　　　그리고 그가 죽은 뒤에도 그분들의 자녀에게
　　　　변함없는 충성을 보였음을 알고 있소.
　　　　그런데 그들이 서로를 죽이는 운명의 장난에
　　　　같은 날 죽어 현재 고인의 가장 가까운 친척인 내가
　　　　왕좌에 오르게 되었소. 한 인간의 통치력이
　　　　뛰어난 것이 검증될 때까지 영혼과 품성과 생각을
　　　　완전히 안다는 것은 불가능한 일이오.
　　　　국가를 다스림에 있어 최선의 정책을 펼치지 않고,
　　　　뭔가 두렵다고 말을 아끼는 자는
　　　　비겁한 자라고 생각해 왔소.
　　　　그리고 그가 누구든 자기 조국보다
　　　　친구를 소중하게 생각하는 자 또한 나는 혐오해 왔소.
　　　　조국의 국민들이 위험에 처한다면 나는 주저 없이
　　　　그들을 구할 것이고, 나라의 안위를 위협하는 자와는

친구조차 하지 않을 것을
만물을 다스리는 제우스 님께 맹세하오.
이런 원칙에 따라 나는 조국을 강대하게 만들 것이오.
내가 오이디푸스의 아들들과 관련해
시민들에게 포고를 내린 것도 마찬가지요.
에테오클레스는 이 도시를 위해 싸웠고
무엇보다 모든 면에서 뛰어난 장수였기에
장례를 지낸 다음 묻어 줄 것이오.
물론 고인을 위해 저승 신들께 바치는
온갖 의식을 행할 것이오.
하지만 그의 형제인 폴리네이케스는 도망쳤다가
갑자기 들이닥쳐 조국 땅과 선조들의 신전을 불사르고,
가족의 피를 마시고자 했으며,
나머지는 노예로 끌고 가려고 했소.
그래서 그자에 대해서 누구도 장례의 예를 갖추거나
애도하지 못하게 포고령을 내렸소.
무덤 없이 새나 개들의 밥이 되는 치욕을 주고자
그의 시신을 묻지 않은 것이오. 이것이 내 뜻이오.
사악한 자는 절대
정의로운 자를 앞서서는 안 된다고 생각하오.
반면, 이 도시에 호의를 가지고 있는 자는
내게 존중을 받을 것이오.

코러스장 메노이케우스의 아들 크레온이시여,

　　이 도시의 적과 친구에 대해 그런 결정을 내리셨군요.

　　그대들에게는 물론 죽은 자들과 살아 있는 모두에 대해

　　어떤 법령이든 만들고 반포할 수 있습니다.

크레온 그러므로 이제 명령받은 일들의

　　감독자가 되어 주시오.

코러스장 그런 것은 젊은 사람들에게 맡기시지요.

크레온 시체를 감시할 사람은 이미 구해 두었소.

코러스장 그렇다면 또 다른 명령을 내리실 건가요?

크레온 나의 말에 불복하는 자의 편을 들지 마시오.

코러스장 죽음을 자초하는 어리석은 사람은 없겠지요.

크레온 그런 자들은 죽음으로

　　대가를 치러야 한다는 것이오. 하지만 재물에 대한

　　욕심 때문에 인간은 종종 파멸하오.

(파수꾼 등장)

파수꾼 왕이시여, 저는 숨이 다 넘어갈 정도로

　　급하게 뛰어왔다거나, 발걸음 가볍게 열심히 걸었다고는

　　말씀드리지 않겠습니다. 생각할 게 있어서 걱정 때문에

　　도중에 몇 번이나 멈추어 섰고,

　　되돌아가려고 돌아서기도 했습니다.

마음이 무수하게 속삭였기 때문입니다.

"어리석기는. 왜 제 발로 벌을 받으러 가지?"

"불쌍한 녀석, 왜 멈추었느냐? 만일 크레온 님께서
다른 사람을 통해 이 일에 대해 알게 되면 어쩌려고.
그러면 네가 이 고통을 어떻게 견디려고?"

저는 이런 생각들 때문에 느릿하게 걸었고,

그러다 보니 가까운 길을 멀리 돌아온 셈입니다.

하지만 결국 왕께 말을 전해야겠다고 생각했습니다.

듣지 못하는 것보다 더 고통일 수 있지만,

이 또한 운명이겠지요. 이제 제 마음이 편해졌습니다.

크레온 도대체 어떤 일로 이리도 주저하느냐?

파수꾼 우선 저에 대해 말씀드리겠습니다.

저는 그런 짓을 하지도 않았고,

그렇게 한 자를 보지도 못했습니다.

그런데 그 때문에 제가 벌을 받아야 한다면

그건 불합리한 처사입니다.

크레온 너는 영악하게

미리 너의 죄를 면하려 하는구나.

어떤 일이 벌어진 것인지 어서 말해라.

파수꾼 아시다시피 무서운 일은

망설임을 가져오게 마련입니다.

크레온 어서 말하지 못하겠느냐!

파수꾼 그럼 말씀드리지요. 누군가가 시신을 묻고

장례를 치르고 나서 돌아갔습니다.

그러니까 시신 위에 흙을 덮고

신성한 의식도 거행한 것입니다.

크레온 뭐라고? 감히 누가 그런 짓을 했느냐?

파수꾼 저는 모릅니다. 부삽 자국도 없었고,

쇠스랑으로 파헤친 흔적도 없었습니다.

땅은 단단한 데다 메마르고 틈이 없었으며

수레바퀴 자국도 없었습니다.

범인은 아무런 흔적도 남기지 않았습니다.

첫날 시신을 지킨 파수꾼은

그것을 우리에게 보여 주면서

도저히 알 수 없는 기적 같다고 말하더군요.

우선 시신이 보이지 않았습니다.

시신은 무덤에 묻히지 않았으나

누가 저주를 피하려 한 짓처럼

마른 흙으로 덮여 있었습니다.

들짐승이나 새가 시신을 뜯어먹은 흔적도 없었습니다.

그것을 보고 저와 다른 파수꾼은 말다툼했습니다.

서로에게 욕을 퍼붓고 주먹질도 오갔지만

말리는 사람은 없었습니다.

우리는 서로를 범인이라고 욕했지만,

확실한 증거도 없었습니다.

우리는 달군 쇠를 손으로 잡고 불 속을 지나면서

신들에게 맹세할 각오가 되어 있습니다.

우리는 그런 일을 하지 않았고,

누가 그것을 계획하고 실행했는지 모른다고 말입니다.

아무리 생각해 봐도 이상했는데,

한 사람이 무슨 말을 하자 모두 두려움에 떨면서

눈길을 떨구었습니다.

그 말에 우리는 반박할 수도 없었고,

그 말에 따를 경우 어떻게 화를 당할지 몰랐습니다.

그가 한 말은 이 일을 왕께 전하고

숨겨서는 안 된다는 거였지요. 이 의견에 따라 제비뽑기해

제가 이 일을 전하러 온 것입니다.

나쁜 일을 전하는 것을 좋아할 사람이

어디 있겠습니까?

코러스장 왕이시여, 말씀드리건대 어쩌면 이 일은

신께서 하신 것일지도 모른다는 생각이 듭니다.

크레온 말도 안 되는 소리 마시오.

그대 말에 내가 분노하기 전에.

그렇지 않으면 그대는 멍청한 노인에다가

어리석다는 것이 드러날 것이오.

신께서 그 시신을 배려하는 것이라는 말은

참을 수 없으니 말이오.
신들께서 어찌 그자를 특별히 사랑하고,
그가 좋은 일을 했다고 생각하겠소.
기둥으로 둘러싸인 그분들의 신전과 공물을 불태우고
자신들의 나라를 유린한 그자를,
법을 어긴 자를 어찌 존중하겠소.
그대는 사악한 이를 존중하는 신은 본 적이 없을 거요.
그런데 이 도시의 인간 중 소수는 전부터
이 포고를 무시하고 내게 불평하고 있지.
그자들은 나의 뜻에 순순히
따르려 하지 않고 있단 말이오.
그런 자들에게 매수당해 파수꾼들이
이런 짓을 저지른 게 확실하오.
사람들이 사용하는 것 중
돈만큼 해로운 것이 없기 마련이지.
이것들이 도시들을 약탈하고,
남자들을 집에서 떠나게 만들고 있으니까.
돈은 정직한 사람의 마음을 움직여
수치스러운 일을 저지르도록 유도하고 있소.
모든 악행을 저지르게 만들고
온갖 불경한 짓거리에 익숙해지도록 가르치고 있소.
돈에 정신이 팔려 이런 짓을 저지른 자는

반드시 벌을 받게 될 것이오.

(파수꾼에게) 아무튼 제우스께서 내가 그분을
숭배하고 있다는 것을 아신다면
네가 알아야 하는 것이 있다. 맹세코 말하겠다.
만일 너희가 직접 장례를 치른 자를
내 앞에 데려오지 않으면
너희는 죽음으로도 속죄할 수 없다.
너희는 산 채로 매달려 고통받을 것이다.
너희는 앞으로 이익을 추구할 때
어디에서 그것을 취해야 하는지,
이익이라도 정당하게 취해야만 한다는 것을
배워야 할 것이다. 수치스럽게 취한 이익이
많은 이들에게 행복보다 파멸을
가져온다는 걸 알게 될 테니 말이다.

파수꾼 말씀드려도 되겠습니까? 아니면 돌아갈까요?

크레온 시끄럽다. 너의 목소리가 듣기 싫어.

파수꾼 귀가 아프시기라도 합니까?
아니면 마음이 아프십니까?

크레온 너는 왜 내가 아픈 곳을 알고자 하느냐?

파수꾼 그 범죄자는 왕의 마음을 아프게 하고,
저의 귀를 아프게 합니다.

크레온 보아하니 너는 타고난 수다쟁이구나.

파수꾼 아무튼 저는 그런 짓을 저지르지 않았습니다.

크레온 그렇지 않다.

　　　너는 돈을 받고 영혼까지 판 것이다.

파수꾼 판단하는 사람의 잘못된 의심은

　　　정말 무서운 것입니다.

크레온 그 판단이라는 것을 잘 생각해 보아라.

　　　그리고 너희가 그 짓을 저지른 사람을

　　　잡아 오지 않는다면

　　　재앙이 내려올 것이라는 점을 알아 두어라. (퇴장)

파수꾼 부디 범인을 잡을 수 있기를.

　　　하지만 그가 잡히든 잡히지 않든 그건 운명에 달렸지.

　　　나는 다시는 이곳에서 왕을 뵙지 않을 것이다.

　　　운 좋게 지금은 살아 있으니,

　　　이는 신들에게 신세를 지는 것이구나. (퇴장)

코러스 (좌 1)

　　　무서운 것들이 많다고는 하지만

　　　인간보다 무서운 건 없다네.

　　　사나운 바다를 넘어 거친 남풍을 타고 건너는구나.

　　　물결치는 파도 아래로 지나며, 자신의 길을 걷는구나.

　　　땅의 기운은 끝이 없지만, 인간은 지쳐 간다네.

　　　그를 따르는 황소 무리의 쟁기 날은 무뎌 간다네.

　　　(우 1)

인간은 마음이 가벼운 새들에게 덫을 놓고,
이 땅의 모든 동물과 심해 속 생물들은
교묘히 얽은 그물로 잡는구나. 참으로 영악한 인간들이다.
인간은 산을 오가는 짐승들과 갈기가 덥수룩한 말과
황소에게는 목에 멍에를 달아 길들이는구나.

(좌 2)

또한 인간은 말을 배우고 바람처럼 날쌘 생각과
도시에 질서를 만드는 행위를 타고났다.
맑은 하늘 아래 서리 위에 눕는 것이나
폭우를 피하려는 생각도.
어떤 일이 다가와도 아무런 대비 없이
무방비 상태는 아니구나.
단지 죽음만은 피할 수 있는 방도가 없다.
다만, 그들을 위협하는 질병만큼은
물리칠 방법을 이미 알고 있다네.

(우 2)

그는 기술에 있어 상상하는 것 이상으로 현명하며,
때로는 좋은 결과에, 때로는 나쁜 결과에 도달한다네.
그가 법률과 신들에게 맹세한 정의를 존중한다면
그의 도시는 크게 발전하겠지만,
선하지 않은 일을 저지르는 자는 도시를 가질 수 없다.
그런 자는 나의 화롯가에 앉지 않기를.

나와 같은 생각을 품지 않았으면!

코러스장 신이 어떤 기이한 일을 벌이셨는가.

저 여자는 안티고네가 아닌가? 가엾도다.

가여운 오이디푸스의 따님이여! 대체 무슨 일인가.

설마 그대가 왕의 법을 어겨 여기로 끌려온 거요?

(파수꾼이 안티고네를 데리고 등장)

파수꾼 이 여자가 바로 그 짓을 저지른 사람입니다.

이 여자가 장례를 치르는 것을 보고 붙잡았습니다.

크레온 님은 어디 계십니까?

코러스장 마침 저기 다시 오시는군.

크레온 무슨 일이라도 있소? 내가 제대로 온 것이오?

파수꾼 왕이시여, 인간은 어떤 일이든

일어나지 않을 거라고 함부로 맹세해서는 안 됩니다.

다시 생각하면 그 일은 정답이 아닐 때도 많거든요.

저는 당신의 위협 때문에

여기로 다시 올 생각이 없었습니다.

하지만 뜻밖의 행복은 다른 그 어떤 행복보다 크기에

생각을 번복해 이곳에 왔습니다.

장례를 치르다 발각된 이 여자를 붙잡았단 말입니다.

이번에는 제비를 던진 것도 아니고,

그저 횡재한 것입니다.

왕이시여, 이 여자를 직접 조사해 보십시오.

저는 이제 자유의 몸이 되어 정당하게

이 사건으로부터 자유로워졌습니다.

크레온 너는 이 여자를 어디서 어떻게 잡아 온 것이냐?

파수꾼 이 여자가 그의 장례를 치르고 있었습니다.

이제 전말을 다 아셨을 겁니다.

크레온 네가 알고 하는 말이냐? 그 말이 사실인가?

파수꾼 이 여자가 왕께서 방치하라 명하신

시신을 묻는 것을 보았습니다. 이제 답이 되셨습니까?

크레온 이 여자가 어떻게 발각되었고,

어디서 잡아 왔느냐?

파수꾼 그 경위는 이렇습니다. 우리가 왕께

무서운 협박을 받은 후에 현장으로 돌아가서

시신을 덮고 있던 먼지를 쓸어 내

썩어 문드러진 몸을 완전히 드러낸 다음,

악취가 우리의 코를 찌르지 않도록

바람이 불어오는 언덕 위에 자리를 잡았습니다.

그리고 우리는 서로 잠을 못 자게 깨우면서

혹시 누가 파수 보기를 소홀히 할까 근심했습니다.

그렇게 있다가 마침 둥근 해가 떠오르자

바람이 불어 숲을 뒤흔들었습니다.

하늘은 먼지바람으로 꽉 찼고
우리는 눈을 감은 채
신께서 보내신 고통을 참고 있었습니다.
한참 뒤 바람이 멈추고 나서
이 여자가 눈에 들어왔습니다.
마치 새끼를 잃고 빈 둥지만 보는 것 같은 새처럼
비통하게 울고 있더군요.
이 여자는 시신이 꺼내진 것을 보자 애절하게 통곡했고,
그런 짓을 한 사람을 향해 저주를 퍼부었습니다.
그러고는 두 손에 마른 먼지를 올려놓더니
청동 물 항아리를 들어 올려 시신 주위에
술을 세 번 부었습니다.
우리는 망설임 없이 달려가
이 여자를 붙잡았지만, 그녀는 놀라지 않더군요.
이전에 한 일과 지금 한 일이
다 그녀의 소행이었냐고 따지자
그녀는 부인하지 않았습니다.
그래서 저는 기쁘기도 하지만 괴롭기도 합니다.
제가 벗어났다는 것은 기쁘지만
친구를 재앙에 빠뜨리는 것은 괴로운 일이니까요.
하지만 이 모든 것이
저의 안전보다는 중요하지 않았습니다.

크레온 (안티고네에게) 고개를 숙이고 있는 너는

　　저자의 말을 시인하느냐? 아니면 부정할 것이냐?

안티고네　시인합니다. 부정하지 않겠습니다.

크레온 (파수꾼에게) 너는 모든 혐의를 벗었으니

　　자유의 몸으로 어디든 원하는 곳으로 가거라.

　　(파수꾼 퇴장)

크레온 (안티고네에게) 너는 짧고 간단하게 말해라.

　　너는 내가 그런 짓을 하지 못하게 한

　　포고를 알고 있었느냐?

안티고네　네, 알고 있었습니다.

　　공지 사실인데 어찌 모르겠습니까.

크레온　그런데도 어찌 너는 그런 짓을 했느냐?

안티고네　네, 그 포고를 제게 알려 주신 이는

　　제우스가 아니었고, 하계의 신들과 함께 지내시는

　　정의의 여신도 사람들에게 그러한 법을

　　정하게 하지는 않으셨기 때문입니다.

　　저는 또 그대의 포고가 신들의 확고한 법을

　　필멸의 인간이 무시할 수 있을 만큼

　　강력하다고 생각하지 않았지요.

　　그 법은 어제오늘만 존재한 것이 아니라

영원히 살아 있고,

어디서 왔는지 아무도 모르기 때문입니다.

한 남자의 뜻이 두렵다고 신의 법을 어기면서

신들 앞에서 벌을 받고 싶지 않았습니다.

저는 언젠가는 죽을 것이라는 걸 잘 알고 있습니다.

그 법이 없었더라도 말입니다.

하지만 제가 때가 되지 않아 죽는다고 해도

이득이라는 생각을 했습니다.

누구든지 저처럼 큰 고통 속에서 살아가고 있다면

죽는 것이야말로 이득이라고 생각하지 않겠습니까?

저는 제 운명이 전혀 두렵지 않습니다.

어머니의 아들이, 제 가족이 묻히지 않고

밖에 내버려진다면 그것은 큰 고통이었을 겁니다.

이제는 조금도 고통스럽지 않아요.

당신이 보기에 제 행동이 어리석어 보였다면

왕이야말로 어리석은 것입니다.

코러스장 이 여자는 성질이 강한

아버지의 딸임을 보여 주는군.

불행 앞에서도 굽힐 줄을 모르니 말이오.

크레온 잘 알아 두어라. 지나치게 뻣뻣한 마음은

가장 쉽게 꺾인다는 것을.

너무 오래 불에 넣어 둔 쇠가

가장 쉽게 부서지는 것을 보지 못했느냐?
나는 기세등등한 말들이 짧은 고삐 하나로
길들여진다는 것을 알고 있다.
누구든지 다른 사람의 노예인 주제에
자신이 잘났다고 생각하는 것은 어리석은 일이다.
너는 내 법을 어겼을 때 이미 반항한 것이고,
지금은 그것이 자신의 소행임을 자랑하며 오만을 부렸다.
네가 아무런 후환 없이 이런 짓을 할 권리가 있다면,
이제 나는 사내가 아니고 네가 사내일 것이다.
비록 너는 내 누이의 딸이고,
우리 집에서 제우스의 보호를 받는
나와 가까운 핏줄 사이지만,
너와 네 동생은 비참한 운명을 피하지 못할 것이다.
네 동생도 이번 장례의 음모에 똑같이
가담했다고 고발하겠다.
(하인들에게) 그녀도 불러오너라.
나는 방금 그녀가 안에서 미쳐 날뛰는 것을 보았다.

(한 하인이 안으로 들어간다.)

크레온 어둠 속에서 사람들이 옳지 못한 일을
꾸미는 도둑 심보는 발각되게 마련이다.

안티고네 당신은 나를 죽이는 것 이상의

무언가를 원하시나요.

크레온 아니다. 네 목숨을 가졌다면

모든 것을 가진 것이다.

안티고네 그럼 지체하지 마세요.

당신의 말 중 나를 만족시키는 것은 없고

앞으로도 그럴 거예요. 당신도 제가 기껍지 않을 텐데.

후회는 없습니다. 친오빠를 무덤에 묻어 주는 것만큼

영광스러운 일은 없을 겁니다.

이곳에 있는 분 모두 그것이 옳다고 생각할 거예요.

그저 공포가 입을 봉하고 있게 만들어

말할 수 없을 뿐이지요. 하지만 왕이란 많은 행운을 얻고

많은 것을 마음대로 행동하고 말할 수 있습니다.

크레온 테베인 중 너만 그렇게 생각하고 있다.

안티고네 이 사람들도 저처럼 생각하지만,

당신 앞이라 입을 다물고 있을 뿐입니다.

크레온 너는 이 사람들과 다른 생각을 품고도

부끄럽지 않으냐?

안티고네 한배에서 나온 혈육을 존중하는 것은

부끄러운 일이 아닙니다.

크레온 그자와 맞서 싸우던 이도 네 혈육이 아니더냐?

안티고네 같은 어머니와 아버지에게서 태어났으니

혈육이 맞습니다.

크레온 그렇다면 너는 왜 그자에게 호의를 베풀어

그분을 능멸하느냐?

안티고네 돌아가신 분은 이 일에

신경 쓰지 않을 겁니다.

크레온 네가 그분을 불경한 자와

똑같이 대접하는데 말이냐?

안티고네 돌아가신 분은 그분의 노예가 아니라

형제로서 죽었어요.

크레온 그자는 이 나라를 파행으로 이끌려 했다.

그분은 이 땅을 위해 싸우다가 그랬고.

안티고네 아무튼 하데스는 이런 의식을 요구해요.

크레온 그렇지만 선한 이와 악한 이에게

같은 몫을 줘서는 안 된다.

안티고네 저승에서는 이것이 합당한 것인지도 모릅니다.

크레온 원수는 죽었다 해서 친구가 될 수는 없다.

안티고네 저는 서로 미워하기 위해서보다

사랑하기 위해 태어났어요.

크레온 사랑하려면 하계에 내려가

망자들을 사랑하렴. 하지만 내가 살아 있는 한

여자가 나를 지배하지는 못할 것이다.

(이스메네가 끌려 들어온다.)

코러스장 보라, 이스메네가 이곳에 왔도다.

사랑하는 언니 때문에 눈물을 쏟으며.

이마 위에 슬픔의 구름이 드리워져

그녀의 붉은 뺨을 일그러뜨리는구나.

크레온 너는 독사처럼 내 집에 숨어들어

몰래 내 피를 빨아먹고 있었구나.

어리석게도 왕인 나에게 거역하려는

두 재앙을 키웠구나.

자, 말해 봐라. 너도 이 장례에 가담했다고 인정하느냐?

전혀 몰랐다고 맹세할 수 있겠느냐?

이스메네 저도 이 일에 참여했으니

함께 처벌을 받겠습니다. 언니만 허락하면 말이에요.

안티고네 네가 이러는 것을 정의가 허락하지 않을 거야.

너는 원치 않았고, 나는 너를 참가시키지 않았으니까.

이스메네 하지만 언니의 불행과 함께

고통을 받는 것이 부끄럽지 않아요.

안티고네 누가 그런 짓을 했는지

하데스와 사자들이 알고 계셔.

나는 말로만 사랑하는 사람은 사랑하지 않아.

이스메네 언니, 내가 고인을 존중해

언니와 함께 죽는 것이니, 나를 무시하지 마세요.

안티고네 너는 나와 함께 죽어서는 안 돼.

네가 참여하지 않은 것을 네가 했다고 하지 마라.

나 혼자 죽는 걸로 족해.

이스메네 하지만 언니가 없다면 무엇인들

내게 의미가 있겠어요?

안티고네 크레온 님께 물어보아라.

너를 살리는 것은 그분 몫이니까.

이스메네 왜 이렇게 나를 괴롭히나요.

아무런 도움이 안 될 텐데.

안티고네 만일 내가 너를 비웃어야 한다면

그건 괴로운 일이야.

이스메네 내가 지금 어떻게 해야

언니를 도와줄 수 있을까요?

안티고네 너는 너 자신을 구하렴.

나는 네가 이 일에서 빠진다고 질책하지 않겠다.

이스메네 아, 불행해라! 내가 언니와 함께 죽기에는

너무 모자라는 사람인가요?

안티고네 너는 살기를 원했고,

나는 죽음을 선택했으니까.

이스메네 하지만 내가 할 말을 하지 않은 게 아니에요.

안티고네 너는 이들에게 바르게 보였고,

나는 저승에 있는 분에게 바르게 보였단다.

이스메네 하지만 우리 둘이 함께 질책당하고 있어요.

안티고네 안심해. 너는 살아 있어.

그리고 내 영혼은 이미 죽었단다.

죽임당한 이를 돌본 대가로 말이다.

크레온 그러고 보니 둘 중 하나는 지금 미쳤고,

나머지 하나는 태어났을 때부터 미쳤군.

이스메네 왕이시여! 불행을 겪은 사람은

타고난 총명함도 나가 버리는 법입니다.

크레온 네 총명함은 불행 중에도

사악한 짓을 하려고 하는 순간 나가 버린 거지.

이스메네 언니가 죽으면 저는

아무런 삶의 희망이 없습니다.

크레온 언니라고 하지 마라.

이미 언니는 없는 거나 마찬가지니까.

이스메네 하지만 왕이시여!

당신은 아들과 결혼할 여자를 죽이실 건가요?

크레온 내 아들이 씨를 뿌릴 여자는

네 언니 외에도 많이 있다.

이스메네 그분에게 언니만큼

잘 어울리는 여자는 없어요.

크레온 나는 내 아들들이

사악한 여자와 어울리는 것을 원하지 않는다.

이스메네 사랑하는 하이몬, 그대의 아버지가

그대를 무시하는군요.

크레온 너는 나를 성가시게 굴고 있다.

네가 말하는 그 혼인도.

코러스장 정말로 아드님에게서

그녀를 빼앗을 작정이신가요?

크레온 하데스가 이 결혼을 막을 것이오.

코러스장 당신은 그녀를 죽일 결심을 하셨군요.

크레온 그대와 나를 위해 그렇게 할 것이오.

(시종들에게) 어서 저 여자를 안으로 끌고 가거라.

이 여자들을 단단히 묶어 나다니지 못하게 하라.

담대한 자들도 죽음이 닥쳐오면 도망치기 마련이다.

(시종들이 소녀들을 안으로 데리고 들어간다.)

코러스 (좌 1)

살아오는 동안 고통을 겪지 않은 자들은

행복한 것이다. 신이 누군가의 집을 흔들면

모든 재앙이 그치지 않고 대대로 이어지는 것이니.

마치 뇌우 치는 트라케(그리스 북쪽 불가리아와 터키가 접경

한 지역)의 바닷바람의 사나운 입김에 쫓겨

검은 모래를 파헤쳐 올리고
힘찬 폭풍에 신음하며 울부짖을 때까지.

(우 1)

라브다코스 가의 재앙이 다른 재앙으로 이어지는 것을
나는 보고 있노라. 한 세대가 이전 세대의 불행을
해결해 주지 못하고, 어떤 신께서
그들을 허물어뜨리시니
이 가문에 구원은 없도다.
오이디푸스 가의 마지막 뿌리 위에 빛나던 햇살마저
저승 신들의 피 묻은 먼지가
어리석은 말과 광기 어린 생각에 베어 넘어지는구나.

(좌 2)

제우스시여, 어떤 인간도
당신의 권능을 위배할 수 없나이다.
모든 것을 제압하는 잠도 그것을 잡지 못하고,
신들의 지치지 않는 세월도 그대의 힘은
제압하지 못하나이다.
그대는 올림퍼스의 번쩍이는 빛살 속에서 사시나이다.
가까운 미래에도, 먼 미래에도 이 법은 적용되리라.
지나친 행동은 모든 인간의 삶에 찾아와
재앙을 뿌리나이다.

(우 2)

멀리 떠도는 희망은 많은 사람에게 도움이 되지만

또 어떤 사람에게는 경솔한 생각과

욕망의 속임수가 된다네. 그리해 뜨거운 불에

발을 델 때까지 아무것도 모르는 자에게 다가온다네.

누군가는 현명하게 이런 유명한 말을 했지.

"신께서 그 마음을 재앙으로 인도하시는 자에게는

나쁜 것도 좋은 것으로 보이지만,

그는 짧은 시간 동안 재앙에서 벗어날 뿐일세."

코러스장 보시오. 여기 막내아들인

하이몬이 오고 있네요. 그는 안티고네의 운명을 슬퍼하고,

결혼이 좌절된 것이 괴로워서 오는 것일까요?

(하이몬 등장)

크레온 우리는 곧 예언자보다

더 확실히 알게 될 것이오.

(하이몬에게) 너는 설마 네 약혼녀의 처지 때문에

나에게 화가 나서 온 것이냐? 아니면 내가

어떤 결정을 내려도 이에 따르겠느냐?

하이몬 저는 아버지의 뜻을 존중합니다.

아버지는 저에게 올바른 판단을 내리도록 해 주셨으니

그 뜻을 따르겠습니다. 저는 결혼이라는 것이

아버지의 훌륭한 지도보다

이익이 된다고 생각하지 않습니다.

크레온 그래, 아들아. 너는 항상 그런 생각을

유지하고 있어야 한다. 매사에 내 뜻에

따르라는 말이다.

그래서 사람들은 자신의 자식이 순종적이기를 바라면서

기도하는 것이다. 자식들이 아버지의 원수에게는

악으로 갚고, 아버지의 친구는 존중하도록 말이지.

하지만 쓸모없는 자식을 낳은 사람은

자신의 걱정거리만 커지고,

적들에게는 웃음거리가 되는

씨앗을 심은 셈이지. 그러니 아들아, 쾌락을 꿈꾸며

여자 때문에 이성을 잃어서는 안 된다.

악녀가 집안의 배우자가 되면

품 안에서 금방 식어 버린다는 것을 알아야 해.

나쁜 친척보다 더 큰 상처를 주는 이도 없단다.

그러니 너는 안티고네를 원수로 여기고,

하데스에서 남편을 구하도록 놓아줘라.

그녀가 온 시민 가운데 유일하게 대놓고

반역을 저질렀으니, 온 도시 안에서 나를

거짓말쟁이로 만들고 싶지 않아 그녀를 죽일 것이다.

그녀가 혈족의 보호자인 제우스께 찬양하도록

내버려 두어라. 내 가족으로 태어난 사람을
제멋대로 키운다면 밖에 나가서도
버릇없는 짓을 할 것이다.
자기 가정을 잘 꾸려 나가는 쓸모 있는 사람만이
국가에 대해서도 올바른 태도를 가질 것이다.
반면에 법을 어기면서 행패를 부리거나
자신의 통치자들에게 명령하려 든다면
그는 결코 나의 찬성을 얻지 못할 것이다.
누구나 도시를 세운 사람에게는 큰일이든 작은 일이든
옳은 일이든 옳지 않은 일이든 복종해야 한다.
그런 사람은 장담컨대 제대로 통치를 받으려 할 것이며,
무수한 창에 둘러싸여 있어도 물러나지 않고,
믿음직하고 용감한 전우가 되어
꿋꿋하게 적에 맞설 것이다.
하지만 불복종보다 더 큰 악은 없다.
그것은 도시를 파괴하고 집들을 쑥대밭으로 만들며
동맹군의 전열을 무너뜨리고 무기력하게 만든다.
하지만 번영을 누리는 사람들에게는
복종만이 안전을 가져다준다.
그러니 우리는 질서를 옹호해야 한다.
여자 때문에 굴복해서는 안 된다.
한 여자에게 굴복했다는 말을 듣는 것보다

차라리 남자에게 죽임을 당하는 것이 낫다.

코러스장 우리가 세월 탓에 지혜를 잃은 것이 아니라면
당신의 말씀이 옳습니다.

하이몬 아버지, 신들께서는 인간들에게 이성을 심으셨고,
그것은 우리가 가진 재산 중 최고라고 생각합니다.
저는 아버지의 말씀이 옳지 않다고 말할 수 없고,
앞으로도 그러할 것입니다.
하지만 다른 사람도 좋은 생각을 할 수 있습니다.
저는 아버지를 위해 많은 것을 살펴보았습니다.
누가 무엇을 말하는지, 누가 무슨 행동을 하는지,
무엇을 비난하는지를 말입니다. 사실 백성들은
아버지가 무서워 당연한 말을
입 밖에 내지 않고 있어요.
사실 도시는 그녀에 대해 슬퍼하고 있습니다.
모든 여자 중 가장 고귀한 그녀가
명예로운 일을 했음에도 비참하게 죽는다고요.
"제 친오빠가 피투성이로 전투에서 쓰러졌을 때
날고기를 먹는 개 떼나 새들의 먹이가 되지 않도록
내버려 두지 않은 여자라면
황금 같은 명예를 받아야 하는 것 아닌가."
이런 소문이 어둠 속에서 은근히 떠돌고 있습니다.
그런데 아버지, 아버지의 행복보다 더 소중한 재물은

저에게 없습니다. 자식들에게 아버지가
큰 영광을 누리는 것보다
더 큰 영광이 어디 있겠습니까.
아버지에게 자식들로 말미암은 영광보다
더 큰 기쁨이 있겠습니까?
그러니 한 가지 생각만 하지 마십시오.
당신의 말씀만 옳고 다른 것은 옳지 않다고 말입니다.
누군가가 자기 자신만 현명하고 말과 영혼에 있어
자기만 한 사람이 없다고 생각하는 사람들을 열어 보면
빈껍데기뿐입니다. 아무리 현명한 사람이라도
많은 것을 배우려 하고,
지나치게 겸손한 것은 수치가 아닙니다.
아시다시피 겨울의 격류에 흔들리는 나무들은
몸을 굽혀 가지들을 구합니다.
하지만 반항하는 나무들은 뿌리째 뽑힙니다.
또 배의 돛 아래를 너무 팽팽히 잡아당기면서
바람에 저항하는 사람은 결국 배가 뒤집혀
용골(선박 바닥의 중앙을 받치는 길고 큰 재목)을 타고
항해하게 될 것입니다.
그러니 노여움을 푸시고 생각을 바꾸십시오.
저 같은 젊은이에게도 어떤 지혜가 있다면,
사람이 태어날 때부터 지식을 가졌다면

그것은 최고의 축복입니다.

그렇지 않다면, 그렇게 되기는 어려운 일이니까요.

좋은 충고를 하는 이에게 배우는 것도

좋은 일이라고 생각합니다.

코러스장 왕이시여! 아드님의 말이 적절하다면

배우는 것이 옳습니다. 하이몬도 아버지에게 배우시오.

두 사람 다 옳은 말을 했기 때문이오.

크레온 내가 이 연배에

이런 풋내기의 말을 들어야 하오?

하이몬 정당한 것이 아닐 경우에는 배우지 마십시오.

제가 비록 젊기는 하지만

나이가 아닌 행위를 봐 주십시오.

크레온 그 행위라는 것이 반역자를 존중하는 것이냐?

하이몬 저는 나쁜 행위를 저지르는 사람을

존중하라고 말씀드리는 것이 아닙니다.

그런 생각은 추호도 없습니다.

크레온 그럼 안티고네가 사악하지 않단 말이냐?

하이몬 테베의 백성들이 하나같이 그렇다고 말합니다.

크레온 나는 도시가 시키는 대로

행동해야 한다는 것이냐?

하이몬 아버지는 지금 풋내기처럼 말하고 계십니다.

크레온 내가 이 땅을 내가 아닌

다른 사람의 뜻에 따라 다스려야 하겠느냐?

하이몬 한 사람에게 속한 것은 국가라 할 수 없습니다.

크레온 국가는 지배자의 소유다.

하이몬 아무도 살지 않는 곳에서라면

　　　　혼자서 소유할 수 있겠지요.

크레온 (코러스장에게) 내가 보기에는 아들놈이

　　　　그녀와 한통속인 것 같군.

하이몬 아버지께서 여자라면 그렇게 생각하시겠지요.

　　　　저는 아버지를 크게 걱정하고 있습니다.

크레온 천하의 몹쓸 놈. 아버지에게 시비를 걸다니!

하이몬 아버지가 부당한 일을 하는 것을

　　　　보고 있기 때문입니다.

크레온 내가 내 권리인 통치권을

　　　　존중하는 것이 잘못이냐?

하이몬 신들의 명예에 흠집 내는 것은

　　　　경건한 것이 아닙니다.

크레온 네놈도 타락했구나. 여자 꽁무니나 따르는 놈!

하이몬 제가 수치스러운 일에 굴복했다며

　　　　비난하실 수는 없을 것입니다.

크레온 아무튼 네가 하는 모든 말은

　　　　그녀를 위한 것이로구나.

하이몬 아버지와 저, 저승의 신들을 위한 것입니다.

크레온 너는 그녀가 살아 있는 동안에는

그녀와 결혼하지 못할 것이다.

하이몬 그러면 그녀는 결국 죽을 것이고…….

죽으면서 누군가를 데려갈 것입니다.

크레온 이제 나한테 협박까지 하는 것이냐?

하이몬 잘못된 생각에 항의하는 것도 협박인가요?

크레온 자신이 잘못하고 있으면서 나에게 잘못했다니!

너는 후회하게 될 것이다.

하이몬 당신이 제 아버지가 아니셨다면

정신 나갔다고 했을 겁니다.

크레온 여자의 노예가 돼 아비를 위하는 척하지 마라.

하이몬 아버지는 말씀만 하려 하시지

제 말은 들으려고도 안 하시는군요.

크레온 진심으로 하는 말이냐?

맹세코 네가 나를 모욕하고 비난한 것이

즐거움이 되지는 못할 것이다. 곧 너도 알게 될 것이다.

(시종에게) 그 가증스러운 여자를 이곳으로 끌고 오너라.

지금 당장 약혼자 앞에서

그녀를 죽게 만들려 하니 말이다.

하이몬 그런 말씀 마십시오.

그녀가 제 앞에서 죽는 일은 없을 것이며,

아버지께서는 저를 두 눈으로 보실 수 없게 될 것입니다.

아버지는 아첨꾼들과 함께 지내면서

미친 짓을 계속하시겠지요. (퇴장)

코러스장 왕이시여! 아드님이 화가 나서 뛰쳐나갔습니다.

저렇게 젊은 사람들은 고통을 당하면

독해지기 마련입니다.

크레온 그냥 놓아두시오. 인간의 한계 이상의 것은

생각하지 말라고 전하시오. 아무튼 내 아들이

그 두 처녀가 죽지 않도록 막지는 못할 거요.

코러스장 두 처녀를 모두 죽이실 겁니까?

크레온 죄짓지 않은 여자는 죽이지 않을 거요.

잘 말해 주었소.

코러스장 그러면 안티고네는

어떤 방식으로 죽이실 겁니까?

크레온 사람이 없는 곳으로 데려가서

산 채로 석굴에 가둘 것이오.

온 도시가 더럽혀지지 않을 정도의

저주를 막을 수 있는 만큼의 음식만 줄 작정이오.

거기서 그녀가 신 중 유일하게 섬겨 모시는

하데스에게 기도하라고 하시오.

그러면 그녀는 어떻게든 죽지 않는 길을 얻을 수 있고,

아니면 저승에 있는 자들을 섬겨 모시는 일이

쓸데없다는 것을 이제라도 깨닫게 될 거요.

(안티고네가 끌려 나온다.)

코러스 (좌)

에로스여, 싸움에 질 수 없는 이여!

에로스여, 그대의 재물을 잃는 자여.

그대는 소녀의 부드러운 뺨 위에서 밤을 새우며

바다 위와 들판의 농가를 오가도다.

불멸의 신들 가운데 누구도 피하지 못하며,

하루살이 인간 중 누구도

그대에게서 벗어날 수 없으니,

그대에게 붙잡힌 자는 광란을 일으킨다오.

(우)

그대는 정의로운 마음을 비틀어 치욕으로 만들고,

한 핏줄의 사람들 사이 다툼을 초래하는구나.

하지만 아름다운 신부의 눈에서

빛나는 매력이 승리하리라.

위대한 법규와 통치의 큰 힘을 넘어서니,

이는 여신 아프로디테가 아무도 제어할 수 없도록

유희를 즐기고 있기 때문이리라.

코러스장 이제 나 자신도 이것을 보며

법의 테두리 밖으로 나가는구나.

더는 눈물을 막을 수 없도다.

안티고네가 모든 것을 잠재우는
하데스의 방으로 걸어가는 것을 나는 보는구나.

(애탄가, 좌 1)

안티고네 저를 보세요. 조국 땅의 시민들이여!
　　　마지막 길을 가며 저는 마지막 햇빛을 보고 있어요.
　　　모든 것을 잠재우는 하데스가
　　　살아 있는 저를 데려갑니다.
　　　아케론강(하데스의 왕국 중 하나의 강으로 슬픔과 애통함을
　　　상징함) 가로. 결혼을 올리지 못한
　　　저는 축가를 듣지 못했고,
　　　이제 저는 하데스와 결혼할 거예요.
코러스장 하지만 그대는 영광스럽게 칭찬받으며
　　　사자들의 길로 떠나고 있소.
　　　그대는 병에 걸려서도 아니고
　　　칼의 대가를 받아서도 아닌
　　　자신의 법에 따라 필멸의 인간 중
　　　유일하게 산 채로 하데스로 내려갈 것이오.

(애탄가, 우 1)

안티고네 저는 전에 프리기아(현 이스탄불 인근에 존재했던 나

라) 출신인 탄탈로스(프리기아의 왕으로 만에 빠져 신들의

벌을 받고 가문 대대로 서로를 죽이는 비극을 맞이함)의 딸

니오베(테베의 왕 암피온의 아내)도

시필로스 정상 근처에서 가장 비참하게

소멸했다고 들었어요. 꼭 달라붙는 담쟁이덩굴처럼

돌이 자라서 그녀를 제압했다고 해요.

슬픔에 잠겨 쇠약해진 그녀 곁을.

사람들이 말하기를, 비도 눈도 떠나지 않았고

하염없이 울고 있는 그녀의 눈에서

눈물이 가슴을 적셨다고 하더군요.

그녀처럼 신께서 저를 누이려고 하는군요.

코러스장 하지만 그녀는 신이고, 신의 자손입니다.

우리는 죽기 마련이고, 인간의 몸에서 태어났어요.

그러니 신적인 존재와 같은 운명에 빠졌다는 것은

죽은 여인에게는 큰 명성을 가져다주겠지요.

그 말을 살아서 듣든지 죽어서 듣든지 간에.

(애탄가, 좌 2)

안티고네 아, 나는 비웃음을 사고 있구나.

우리 선조 신들의 이름으로 말하노니

왜 아직 죽지 않고 살아 있는 저를 조롱하나요?

오, 도시여, 도시의 부유한 사람들이여.

디르케의 샘이여, 훌륭한 마차가 많은 성역이여.

그대들은 저의 증인이 되어 주시오.

친족들의 애도도 받지 못하고 법에 따라

돌무더기로 막은 감옥으로 들어가는지.

아, 불행하도다. 이승에서도 저승에서도

살아 있는 이들 곁에서 죽은 이들 곁에서

지내지도 못하는구나.

코러스장 그대는 대담함의 한계를 넘어 극한까지 갔다가

디케의 높은 보좌에 부딪쳐 나뒹굴게 된 거요.

소녀여, 그대는 아버지의 죗값을 치르는 것 같소.

(애탄가, 우 2)

안티고네 그대는 저의 가장

고통스러운 아픔을 건드렸어요.

아버지에 대한 괴로움을.

라브다코스 자손들 모두의 운명에 대한 괴로움을.

어머니의 침상에서 비롯된 재앙이여,

자기 친자식인 저의 아버지와

어머니의 불행한 동침이여.

그분들 사이에서 태어났고, 그분들을 향한 저주로
결혼도 하지 못한 채 떠나갑니다.
아, 상서롭지 못한 결혼을 했던 아버지이자, 오라버니.
당신은 죽어서도 살아 있는 저를 죽이셨어요.

코러스 고인을 잘 모시는 것은 경건한 일이지만
권력은 그것을 누가 쥐든 자기 권력을 넘어서는 것을
절대 두고 보지 않는 법이오.
그대 자신이 모두 망쳐 놓은 거요.

(종가)

안티고네 울어 주는 이도 없이 친구도 없이
결혼 축가도 없이 가련한 나는
이렇게 끌려가는구나. 준비된 길을.
빛의 신성한 눈을 쳐다보는 것이
나에게는 허용되지 않는구나.
내 운명을 위해 울어 주고,
슬퍼해 줄 친구도 없구나.

(크레온이 나온다.)

크레온 죽음을 앞두고 비탄에 젖어 우는 것이

득이 된다면 그 누구도 눈물을 멈추지 않을 것이다.
어서 끌고 가거라. 그리고 내가 말한 대로 그녀를
천장이 있는 무덤에 혼자 가둬라.
죽음을 택하든 산 채로 그곳에 묻혀 있기를 원하든
이는 우리의 책임이 아니니까. 어쨌든 그녀는
더는 지상에서 우리와 같이 살 수 없을 것이다.

안티고네 오, 무덤이여, 신방이여.
파인 석굴 속의 영원한 감옥이여.
저는 거기로 나아갑니다. 이 세상을 떠나 버린 가족들과
페르세포네(제우스 딸 중 한 명으로 하데스에게 납치돼 하계
로 끌려감)에게 환영받은 이들을 만나러 가야 하네요.
그들 중 마지막으로 누구보다 비참하게
그곳으로 가겠지요.
타고난 명을 다 채우기도 전에 떠나지만,
큰 희망을 품고 있어요. 아버지께서 반갑게 맞아주시고
어머니도 그러하실 겁니다. 그리고 오라버니들,
당신들께서도 반갑게 맞아 주시겠지요.
당신이 돌아가셨을 때 손수 씻겨 치장했고,
무덤 위에서 제주를 부어 드렸으니까요.
그런데 지금 폴리네이케스 오빠,
오빠의 시신을 돌보는 바람에
저는 이런 곤경에 빠졌어요.

하지만 선량한 사람들이 볼 때
그대에 대한 존중은 옳았습니다.
죽은 아이의 어미였다면,
또 남편이 죽어서 썩어 문드러졌다면 저는 절대
시민들에 대항해 이런 고통을 자초하지 않았을 겁니다.
어떤 법을 위해 이런 말을 하느냐고요?
남편이라면 죽어도 다른 이와 또 결혼할 수 있습니다.
아기는 하나를 잃어도 다른 아기를 낳을 수 있고요.
하지만 아버지와 어머니가 이 세상을 떠나 버리셔서
오빠라는 존재는 더는 생기지 않을 겁니다.
저는 이런 사실 때문에 당신을 그토록 존중했건만
크레온께서는 범죄를 저질렀다며 다그치고 계십니다.
오빠! 이제 왕께서 저를 잡아끌어 갑니다.
결혼도 하지 못하고, 혼인 축가를 받지도 못하고,
그 어떤 결혼의 기쁨도, 아이 키울 기회조차 없는 저를.
불행하게도 친구들에게조차 버림받고
산 채로 죽은 자들의 무덤으로 내려가고 있어요.
신들의 어떤 법을 어겼다는 말입니까?
비참한 제가 아직도 신들을 바라보아야 하나요?
누구에게 도움을 청할 수 있습니까?
경건한 행동을 했음에도 불경한 자가 되었으니 말입니다.
만일 제 죽음을 정말로 신들이 원한다면

고통을 겪은 뒤에 죄를 지었음을 시인할 거예요.

하지만 왕께서 잘못하고 있는 거라면

저는 부당한 일을 당하고 있는 겁니다.

이 상황보다 더 나쁜 상황과 다시는 만나지 않기를.

코러스 예전에 불었던 거센 폭풍이

그녀의 굳건한 영혼을 뒤흔들고 있구나.

크레온 이렇게 내 명을 거역하는 자들은

벌을 받고 후회하게 될 것이다.

코러스 그런 말들이 우리의 명을 재촉할까 두렵습니다.

크레온 당신 말에는 대답할 말도,

위로할 말도 없소.

이제 벌은 내려졌고 집행만이 남았소.

(안티고네에게) 형벌은 꼭 이루어질 것이니

헛된 희망을 갖지 마라.

안티고네 아, 아버지들의 나라 테베여.

존경하는 신들이시여, 결국 저들이 제 명에

손을 얹었습니다.

테베의 왕자들이여, 저를 보십시오.

저는 왕가의 마지막 핏줄입니다.

왕가의 유일한 여자가 신성한 것을 신성시했다는 이유로

어떠한 남자들에게 어떤 일을 당하는지.

(파수꾼들이 안티고네를 끌고 간다.)

코러스 (좌 1)

아름다운 다니에(페르세우스의 모친) 역시
청동으로 만든 방에서 빛도 없이 무덤 같은 곳에서
아무도 모르게 갇혀 있었소. 하지만 그녀는 내 딸이고
고귀한 혈통을 이어받았으며,
황금 빗속에서 떨어진 제우스의 씨앗을 간직하고 있소.
하지만 운명은 무서운 것이라 막대한 부도,
아레스도, 성탑도, 바다에서 신음하는 검은 배들도
버티지 못하는 법이지.

(우 1)

드리아스의 성질 나쁜 아들, 트라케의 왕인
리쿠르고스도 광분 속의 험담 때문에
디오니소스에 의해 바위 감옥에 갇혀 있었지.
그리해 격렬한 광기가 서서히 줄어들자, 그는
자신의 광기가 신들을 노엽게 했다는 사실을
알게 되었네.

(좌 2)

퀴아네아이 옆 두 바다에 접한 보스포루스 해안과
트라케의 해안 도시 사르미데소스가 있었다네.
그 이웃에 사는 아레스가 거기에서 보았소.

피네우스(사르미데소스의 왕이자 눈먼 예언자)의
두 아들에게 그의 두 번째 아내가 안겨다 준
저주의 상처를. 그녀는 배다른 자식들이 미워
자신을 강간하려 했다고 거짓을 고했고,
이를 믿은 피네우스는
두 아들의 눈을 찔러 피를 보았도다.
(우 2)
불행한 결혼을 한 어머니에게서 태어난 그들은
불행 속에 갇혀 자신들의 잔혹한 운명을 슬퍼했소.
그녀의 어머니는 최초의 왕의 가문의 후손이었고
보레아스(북풍의 신)의 딸로 말처럼 날랜 그녀는
외딴 동굴에서 자라났소.
아버지의 북풍 사이에서 가파른 언덕 너머
말처럼 빠른 신의 딸로. 하지만 그녀에게
시간을 초월하는 운명의 여신들이 덮쳤던 거요. 처녀여!

(테이레시아스가 한 소년에게 이끌려 들어온다.)

테이레시아스 테베의 왕자들이여! 우리는
한 사람의 눈으로 보며 함께 길을 걸어 왔소.
장님은 길을 안내하는 이와 다녀야 하니 말이오.
크레온 그래, 무슨 새로운 소식이라도 있소?

연로하신 테이레시아스여!

테이레시아스 가르쳐 줄 테니

이 예언자의 말에 귀를 기울이도록 하시오.

크레온 이전에도 나는

당신의 충고를 따르지 않은 적이 없소.

테이레시아스 덕분에 우리는 이 도시를

안전한 배처럼 운항해 왔소.

크레온 나는 당신이 내게 많은 이익을

안겨 주었음을 알고 있소.

테이레시아스 지금 또 그대가 운명의 칼날 위에

서 있음을 잊지 마시오.

크레온 무슨 말인지……. 당신의 말을 들으니

마음이 떨려 견딜 수가 없소.

테이레시아스 내 예언의 징조를 들으면

그대는 알게 될 것이오.

내가 새들을 관찰하던 자리에 앉아 있었는데

새들이 이상한 소리를 내었소.

새들은 몹시 화나 있는 듯했고,

괴상한 비명을 질렀단 말이오.

게다가 새들이 발톱으로 서로를 찢어 죽이고 있다는 것도

알게 되었소. 퍼덕이는 날개가 그것을 증명하고 있었소.

놀라서 타오르는 제단에서 태울 제물을 찾았소.

그런데 제물에서는 불길이 환하게 타오르지 않고,
쓸개들은 터져 버렸고, 넓적다리 살점들에서 나오는
기름이 흘러나와 녹으면서 기름을 내뿜는 것이었소.
이처럼 제물들에서 아무런 징조를 얻지 못해
점은 실패로 돌아가고 말았소.
그것을 나는 이 아이를 통해 알았소.
내가 다른 사람들의 인도자이듯
이 소년은 나의 인도자요. 무엇보다 도시가
당신의 불같은 성정 때문에 병에 걸려 있소.
우리의 제단들과 화덕들이 모두 더럽혀졌기 때문이오.
새 떼와 개 떼가 불행하게 죽은
오이디푸스의 아들을 뜯어먹었기 때문이란 말이오.
신들은 더는 우리에게 제물도, 기도도,
넓적다리의 불길도 받지 않으시는 것이오.
새의 지저귐도 좋지 않은 징후를 보이고 있소.
죽은 사람의 피에서 기름기를 맛보았으니까 말이오.
그러니 그대는 이런 일들에 대해
심사숙고하시오, 내 아들이여!
인간은 누구나 실수하니 말이오.
실수를 저지르고도 그 실수를 인정하고
부인하지 않는 자는 더는 운이 없고
행복을 빼앗기는 법이오. 이를 부인하는 고집은

어리석은 죄를 저지르게 만드니까.

어쨌든 죽은 자에게 양보하고, 죽은 자를 찌르지 마시오.

죽은 자를 또 죽이는 게 용감한 행동은 아니잖소.

나는 호의를 가지고 이 말을 하는 거요.

그리고 좋은 충고를 하는 사람에게 배우는 것이야말로

가장 좋은 일이오.

크레온 오, 예언자여! 마치 궁수들이

과녁을 향해 화살을 쏘듯이

그대들 모두가 나를 쏘고 있군요.

무엇보다 내가 예언의 대상이라는 것을

부정할 수 없고 말이오.

당신들 족속은 거래하면서 나를 배신했던 것이오.

이득이나 취하시오.

리디아의 금과 은, 인도의 순금을 사들이구려.

하지만 그대들은 저자를 무덤에 넣을 수는 없을 거요.

설령 제우스의 독수리들이 그자를 먹이로 낚아채어

제우스의 왕좌로 가져가려고 해도

나는 부정이 두려워

그자를 무덤에 묻도록 하지는 못할 것이오.

신을 더럽힐 일은 누구도 할 수 없다는 것을

알고 있기 때문이오. 하지만 테이레시아스 예언자여!

인간 중 어느 뛰어난 자도 수치를 겪게 마련이오.

이득 때문에 생긴 수치를 아름답게 꾸며서 말이오.

테이레시아스 아, 인간 중 누가 지식이 있으며,

누가 반성을 한단 말인가.

크레온 무슨 말이오? 가르치려 드는 것이오?

테이레시아스 진정한 조언이야말로 큰 축복 아니겠소?

크레온 어리석음은 전염병이겠지요.

테이레시아스 그대는 그 전염병에 걸려 있소.

크레온 당신을 나쁘게 말하지는 않을 것입니다.

테이레시아스 내 예언이 틀렸다고 생각한다면

그렇게 한 거나 마찬가지지요.

크레온 역시 예언자들이 돈을 좋아한단 말이 맞는군요.

테이레시아스 폭군은 수치스러운 짓을 저질러

이득을 얻으려 하지요.

크레온 그대는 지금 그대의 왕에게

그런 말을 하고 있다는 사실을 아시오?

테이레시아스 물론 잘 알고 있소.

그대는 나 덕분에 이 도시를 지켰으니까.

크레온 그대가 현명한 줄 알았는데

불의를 좋아하는군요.

테이레시아스 그대는 제가 가슴속에만

두고 있던 것을 말하도록 자극하는군요.

크레온 늘어놓으시지요.

단, 이득을 위한 말은 하지 마시오.

테이레시아스 당신에게 이득을 얻을 수 없다는 걸

잘 알고 있소.

크레온 내 생각을 거래 대상으로 여기는

우를 범하지 않기를 바라오.

테이레시아스 그렇다면 이것을 잘 알아 두시오.

지금부터 내달리는 태양의 날랜 수레가

여러 바퀴를 돌기 전에 그대는 시신이 될 것이라는 걸.

그 이유는 그대가 지상에 속한 자 하나를

아래로 밀어내고, 살아 있는 자를

무덤에 넣으려 하고 있으며, 저승 신들 속에 속하는

시신을 장례를 치르지도 않고

오히려 욕을 보였기 때문이오.

이들에 대해서는 그대도 이승의 신들도

아무런 권리가 없소.

그대는 이들에게 폭력을 가한 것이오.

이후 복수하는 파괴자들, 하데스와 복수의 여신들이

그대를 노리고 그대가 같은 재앙을

당하도록 만들 것이오. 잘 생각해 보시오.

내가 누군가에게 매수를 당해

이런 예언을 한다고 생각하시오?

오래지 않아 그대의 집안에서는

남자들과 여자들의 울음소리가 흘러나오게 될 것이오.

그때 내 예언이 옳다는 게 밝혀지겠지요.

개들이나 맹수들 혹은 어떤 새에게 찢긴 시신을

장례 치르게 되면 심상치 않은 증오심을 얻을 것이오.

그대가 나를 모욕했기 때문에 화가 나서

궁수처럼 이런 화살들을 그대 가슴에 쏘았소.

그대는 그 고통을 피하기 어려울 거요.

(소년에게) 얘야, 나를 집으로 안내해 다오.

저 사람이 분노는 더 젊은 사람에게 터뜨리되

화를 누그러뜨리고 이해심을 기를 수 있도록 말이야.

(테이레시아스와 소년 퇴장)

코러스장 왕이시여! 그분은 떠났습니다.

무서운 일을 예고하고 말입니다.

하지만 제가 알기로 한때 검었던 머리카락이

희게 변한 때부터 저분께서는

이 도시에서 한 번도 거짓말하지 않았습니다.

크레온 그건 나도 잘 알고 있소.

그래서 큰 충격을 받았지만, 비참하게 굴복할 수는 없소.

하지만 그와 맞서다가 파멸을 맞이하는 것은

더 큰 비참함을 초래할 것이오.

코러스장 메노이케우스의 아들이시여,

　　　　지금이야말로 그 충고를 받아들일 때입니다.

크레온 내가 어떻게 하면 좋겠소?

　　　　그대 말대로 따를 테니 말해 보시오.

코러스장 우선 소녀를 석실에서 나오게 하시고,

　　　　길 위에 누워 있는 자의 무덤을 만드십시오.

크레온 내가 그렇게까지 하기를 바란단 말이오?

코러스장 될 수 있는 대로 빨리 해야 합니다.

　　　　신들이 내리시는 재앙은

　　　　어리석은 생각을 하는 자들보다 빨리 도달하니까요.

크레온 아, 괴롭구나. 하지만 굴복할 수밖에.

　　　　무리해서 필연과 싸우면 안 되니 말이오.

코러스장 지금 어서 가셔서 그렇게 하시고

　　　　절대 남들에게 시키지 마십시오.

크레온 지금 당장 가겠소.

　　　　너희 시종들은 이 자리에 있는 자든 없는 자든

　　　　모두 도끼를 가지고 저 너머 보이는 곳으로

　　　　서둘러 가거라. 이제 생각이 바뀌었으니

　　　　내가 손수 묶여 있는 그녀를 풀어 주겠다.

　　　　하지만 나는 정해진 법은

　　　　죽을 때까지 지키는 게

　　　　옳다는 신념에는 변함이 없다. (퇴장)

코러스 (좌 1)

그대, 많은 이름을 가진 이여! 카드모스 따님의 영광이자
무섭게 우레를 치시는 제우스의 자손이여!
그대, 이름이 유명한 이탈리아를 지켜 주시고,
모든 손님을 반갑게 맞이하는 데메테르(대지의 여신)의
들판과 엘레우시스(아테네 북쪽에 있는 도시)의 만을
다스리는 이여! 오, 디오니소스여.
그대 이스메노스를 흐르는 물가,
사나운 용이 씨 뿌려진 곳에 거주하시며,
디오니소스를 따르는 신도들의 어머니인
테베에 거주하시는 이여!

(우 1)

쌍 바위 봉우리 위 바위산 너머
코리키온 동굴(상반신은 여성, 하반신은 뱀의 모양을 한 괴물
멜페네가 살았던 곳) 주위의 요정들이 거니는 곳에서
불길과 카타르시스의 샘물이 그대를 보곤 했나이다.
그리고 그대가 불사의 수행원을 거느리고
테베의 거리를 찾을 때면
포도송이 달린 초록빛 해안과 담쟁이덩굴에 덮인
산의 비탈들이 그대를 호위하나이다.

(좌 2)

그대는 모든 도시 중 테베를 가장 높이시나이다.

벼락 맞은 그대의 어머니도, 그대도.

그러니 온 도시가 무서운 병의 포로가 된 지금,

정화의 발걸음으로 오소서.

파르나소스산의 산비탈을 넘어, 신음하는 해협을 건너.

(우 2)

그대, 불을 내뿜는 별들의 무리를 이끄는 이여,

밤의 환호성들의 감독자시여.

그대, 제우스에게서 태어난 아드님이시여, 나타나소서.

오, 왕이시여! 그대를 수행하는 희생을 감내하는 여인들,

밤새도록 미친 듯 춤추는 이 아이들을 이끄소서!

(사자 등장)

사자 그대들, 카드모스와 암피온에

이웃해 사는 이들이여.

저는 어떤 인간의 삶도 찬양하지 않습니다.

행복한 사람도 불행한 사람도

운명의 힘에 쓰러지거나 일어납니다.

정해진 일들을 예언하는 사람도 없기 때문입니다.

사실 크레온 님을 항상 부러운 눈으로 바라보았습니다.

그분께서는 이 카드모스 땅의 적들을 물리쳐 구하셨고,

이 나라의 통치권을 장악하셨으며,

고귀한 자식들을 여러 명 낳았습니다.

그런데 지금 그분은 모든 것을 잃었습니다.

사람이 즐거움을 잊어버리면 그는 산 사람일지라도

살아 있다고 생각하지 않으며

산송장같이 여겨지기 때문입니다.

그대가 원한다면 집 안에 많은 재물을 쌓아 두고,

왕으로서 누릴 수 있는 것을 다 누리십시오.

하지만 거기에서도 기쁨을 느끼지 못한다면

저는 그 어떤 것도 허용치 않을 것입니다.

코러스장 그대는 왕가의 또 무슨 소식을 가져온 거요?

사자 그분이 죽었습니다.

그 책임은 산 사람에게 있습니다.

코러스장 누가 죽고 누가 죽였느냐? 어서 말하거라.

사자 하이몬이 죽었습니다.

피를 흘리게 만든 이는 집안사람입니다.

코러스장 아버지의 의해서인가, 아니면 스스로 죽었는가?

사자 그는 아버지의 살인 행위에 분노해

스스로 목숨을 끊었습니다.

코러스장 오, 예언자여!

그대의 예언이 현실이 되었습니다.

사자 상황이 이러하니

남아 있는 일들에 대해 심사숙고해야 합니다.

코러스장 저기 크레온의 아내, 가여운 에우리디케가

아들 소식을 듣고 오고 있구나.

이리 오는 것은 우연일지도 모르지만.

(에우리디케 등장)

에우리디케 시민들이여, 나는 팔라스 여신께

기도하기 위해 문 밖으로 나왔다가

내 아들 소식을 들었소.

문을 앞으로 열기 위해 빗장을 풀던 중

집안의 재앙에 대한 소리를 들었소.

너무 놀란 나는 넘어졌고

하녀들의 품 안에서 정신을 잃었었소.

그 말이 맞는지 여러분이 다시 한번 말해 보시오.

나는 불행했던 경험이 많으니 귀를 기울이겠어요.

사자 왕비시여! 저는 그곳에 있던 사람으로서

모든 사실을 빠짐없이 알려 드리겠습니다.

제가 없던 일을 말하겠습니까? 옳은 것은 진실뿐입니다.

저는 길잡이가 돼 크레온을 모시고

들판 끝까지 갔습니다.

그곳에는 폴리네이케스의 시신이

개 떼로 말미암아 무자비하게 찢긴 채

놓여 있었습니다.
우리는 길의 여신과 하데스에게 자비를 베풀어
분노를 가라앉히시라 기원한 뒤 신성한 정화를 위해
그분을 목욕시키고,
그분의 몸을 갓 꺾은 나뭇가지들과 함께 태웠습니다.
우리는 그분의 몸에 고향 땅의 흙을
높게 쌓아 올려 무덤을 만들었습니다.
그러고 나서 돌로 덮인 소녀의 신방으로,
그러니까 하데스의 신방으로 갔습니다.
그 순간, 멀리서 높은 목소리로
우는 소리가 들렸습니다.
장례를 치르지 않은 무덤 가까이에서 말입니다.
크레온 님께 그 사실을 알렸습니다.
그곳에 가까이 다가가는 동안 이상한 신음이 들려오자
탄식하시면서 말했습니다.
"비참한 마음뿐이구나. 내 예감이 맞은 것일까?
나는 오랫동안 내가 걸어 왔던 길 중에서
가장 불행한 길을 걷고 있는 것은 아닌지.
저것은 내 아들의 목소리다.
시종들아, 가까이 가도록 하라.
그리고 무덤에 이르거든 살펴보아라.
그곳에서 돌무더기를 헐고 그 틈새를 통해

무덤 입구로 들어가 내가 하이몬의 목소리를 제대로
들은 건지, 아니면 신들에게 속았는지 알아보아라."
우리는 안절부절못하는 왕의 명령에 따라
알아보러 갔습니다. 무덤의 맨 안쪽에서
목을 맨 소녀를 보았습니다.
천으로 올가미를 만들어 걸고 있더군요.
또 한 청년이 그녀의 허리를 감싸 안고 쓰러진 채
세상을 떠난 신부의 죽음과 아버지의 행위와
불행한 사랑을 슬퍼하고 있었습니다.
왕께서는 그를 보자 비통하게 눈물을 흘리면서
안으로 들어가시더니 그에게로 다가가 울부짖었습니다.
"불쌍한 내 아들, 이게 어찌 된 일이냐?
무슨 생각으로 이런 짓을 했느냐?
어떤 재앙이 네 분별력을 잃게 했느냐?
나오너라, 아들아. 네게 간청한다."
하지만 아드님은 그분을 무섭게 노려보더니
그분의 얼굴에 침을 뱉고는 아무 대답 없이
칼을 빼 들었습니다. 왕께서는 바로 도망치셨고,
그는 자기 자신에 대한 분노로
칼을 옆구리에 찔러 넣었습니다.
정신이 혼미해지는 가운데 축 늘어진 팔로
소녀를 안고는 쏟아지는 핏방울을

그녀의 뺨에 내뿜었습니다.

그리해 그는 죽어 시신 옆에 누웠습니다.

불쌍하게도 결혼식을 이 땅이 아닌

하데스의 집에서 올렸고, 인간의 어리석음이

가장 큰 재앙이라는 걸 세상 사람들에게 알렸습니다.

(에우리디케 퇴장)

코러스장 자네는 이 일에 대해 어떻게 생각하는가?

　　　왕비님께서 아무런 말씀도 하지 않고

　　　안으로 들어가셨으니 말일세.

사자 저도 깜짝 놀랐습니다.

　　　그저 왕비님께서 아드님의 죽음을 들으시고는

　　　세상 사람들 앞에서 통곡할 수 없어

　　　집안 하인들에게 이 슬픔을 애도하게 하시리라는

　　　희망을 품고 있을 뿐입니다. 왕비님은 자신을 해할 만큼

　　　분별력이 없는 분이 아니십니다.

코러스장 나는 잘 모르겠네.

　　　하지만 내 생각으로는 너무 조용한 것도

　　　시끄러운 외침도 불길한 징조인 것 같네.

사자 그렇다면 제가 집 안으로 들어가 보겠습니다.

　　　혹시 그분께서 격앙된 분노를

가슴에 몰래 감추고 계시는 건 아닌지 말입니다.

불길하다는 말씀이 맞습니다.

사실 너무 조용한 것도 위험하니까요.

(사자는 집 안으로 들어가고, 크레온이 시종들과 함께 하이몬의 시신을 가지고 들어온다.)

코러스장 보라, 왕이 오셨다. 그 손에 불행한 짐을 안고.

하지만 그것은 다른 사람이 아닌

자신이 저지른 잘못 때문이로소이다.

(좌 1)

크레온 (노래한다.) 아, 어리석은 생각으로

죽음을 가져온 내 실수여! 아, 그대들은 보시오.

한 핏줄로 이어진 살인자와 피해자를.

아, 슬프도다. 나의 불행한 결정이.

내 아들아, 젊어서 운명을 다하지도 않았는데

죽음을 택하다니! 네가 아닌 나의 어리석음 때문에!

코러스장 아, 너무 늦게 정의를 깨달으신 것 같군요.

크레온 (노래한다) 아, 슬프도다.

나는 비참함에 빠지고 나서야 제대로 배웠소.

이는 분명 어떤 신이 내 머리를

엄청난 무게로 내리치시며

나를 잘못된 길로 내동댕이친 것이구나.

아, 즐거움을 잃고 짓밟혀 버렸구나.

아, 고통에서 벗어나려는 인간들의 헛된 노력이여!

(궁전에서 사자가 등장한다.)

사자 오, 왕이시여!

왕께서는 이미 슬픔을 품에 안고 계시는군요.

집에 드시면 또 다른 재앙을 보시게 될 것입니다.

크레온 재앙에 이어 또 다른 재앙이 있단 말이냐?

사자 왕비님께서 돌아가셨습니다.

이 시신의 어머니 말입니다.

불쌍하신 그분께서 방금 받은 큰 충격으로 말입니다.

(우 1)

크레온 (노래한다.) 아아, 슬프구나.

아, 달랠 길 없는 하데스의 항구여.

왜 나를, 도대체 왜 이렇게 만드는 것입니까?

(사자를 향해) 너는 내게 또 다른 고통을 안겨 주는구나.

대체 네가 무슨 말을 하는지 알고 하는 소리냐?

아아, 이미 죽은 사람을 너는 또 한 번 죽이는구나.

대체 무슨 뜻이냐? 내 아들아.

아아, 그래. 내가 슬퍼하도록 아내가 죽어서

죽음 위에 또 죽음이 올라탔구나.

사자 자, 똑바로 보십시오.

이제 더는 외면할 수 없습니다.

(에우리디케의 시신이 들것에 실려 나온다.)

크레온 (노래한다.) 아, 슬프도다. 내가 불행하게도

두 번의 재앙을 맞이하는구나.

저기 두 번째 재앙이 보인다.

이제 어떤 운명이 나를 기다린단 말인가.

여기 내 손에 아직도 내 아들이 들려 있는데

다른 시신까지 보게 돼다니! 아, 가엾은 부인, 내 아들!

사자 왕비님은 저 제단 옆에서 예리한 칼로

자신을 찌르고 서서히 눈을 감으시며

오래전에 죽은 메가레우스(크레온의 아들)의

고귀한 운명을 위해, 다음으로 여기 누워 있는 분의

운명을 위해 우셨습니다. 마지막으로는

아들을 죽이신 왕께 악운이 깃들기를 비셨습니다.

(좌 2)

크레온 (노래한다.) 아, 무서워서 못 살겠구나.

쌍날칼이라니! 내 가슴을 찔러 줄 자는 없느냐?

나는 너무 비참하구나. 비참한 파멸에 섞여 들었구나!

사자 그렇습니다. 돌아가신 분은

그 죽음과 저 죽음이 당신의 책임이라고

말씀하셨습니다.

크레온 그녀는 어떤 방법으로 죽었느냐?

사자 그분께서는 아드님의 죽음을 아시고는

자신의 가슴을 칼로 찌르셨습니다.

크레온 (노래한다.) 아, 슬프도다. 이런 비극을 초래한 이는

나 말고 그 누구도 없으리. 내가, 내가 그대를 죽였으니.

오, 불행한 자여. 아, 괴롭구나.

시종들아, 어서 나를 데려가거라. 길 밖으로.

나는 이제 없는 것만도 못 하니까!

코러스장 구원의 제안을 하셨군요.

재앙이 몰려올 때는 간단한 것이 상책이지요.

(우2)

크레온 (노래한다.) 오게 하라, 오게 하라.

내 운명들 가운데 가장 아름다운 것이 나타나

나의 마지막 날을 가져다주게 하라.

오게 하라, 오게 하라.

내가 더는 다른 날을 보지 않도록.

코러스장 그건 나중 일이오.

지금 닥쳐 있는 것은 처리하셔야 하오.

우선 살아서 해야 하는 일이 여기에 있습니다.

크레온 나는 그저 바라는 것을 간절히 기도했을 뿐이오.

코러스장 이제 기도는 더는 하지 마시오.

인간은 정해진 운명을 거역할 수 없으니까.

크레온 (노래한다.) 그대들은 나를

길 밖으로 데려가거라. 이 어리석은 나를!

나는 뜻하지 않게 내 아들을 죽였구나. 내 아내까지도.

아, 너무나도 비통하고 비참하구나.

나는 어디를 보고, 어디로 향해야 하는가.

내 손에 있던 모든 것은 기울어져 버리고

내 머리 위로 참을 수 없는 운명이 달려들었으니.

코러스장 (큰 소리로) 지혜야말로 으뜸가는

행복의 바탕이로다. 그리고 신들에 대한 경의는

침범당하지 않으리. 오만한 자들의 소리는

큰 타격과 희생을 치르고 늙어서야 지혜를 가르친다네.

오이디푸스 왕

Oidipous Tyrannos

작품 해설 및 작가 연보

「오이디푸스 왕(Oidipous Tyrannos)」, 「안티고네(Antigone)」 작품 해설

1. 작가의 생애

아이스킬로스(Aeschylos), 에우리피데스(Euripides)와 함께 그리스의 3대 비극 작가로 불리는 소포클레스(Sophocles, B.C.496~B.C.406)는 위대한 작가이자 정치가였다. 그는 기원전 496년에 아테네 교외의 콜로노스에서 출생했다. 그의 아버지는 부유한 무기 상인이었고 집안이 기사(騎士) 신분에 속해 있었다. 이 때문에 그는 여유로운 환경에서 고등 교육을 받으며 성장했다. 더불어 뛰어난 용모와 작가로서의 재능까지 겸비했다.

그는 일생 동안 무려 123편의 비극을 저술했다. 28세 때인 기원전 468년에 비극 경연에서 선배이자 스승인 아이스킬로스를 제치고 1위를 차지했으며, 그 후로도 20회 정도(기록마다 다소 차이가 있음) 수상했다. 화려한 수상 경력과 작가로서의 재능, 그리고 남다른 애국심 덕분에 조국 아테네에서는 그를 지지하는 정치 세력이 많았다.

아리스토텔레스는 자신의 저서 『시학』에서 소포클레스에 대해 극찬한 바 있다. 『시학』에서의 '비극론'은 소포클레스의 비극을 바탕으로 집필했다고 봐도 과언이 아니다.

아리스토텔레스가 '비극의 모범'으로 자주 언급하고, 소포클레스의 비극 작가로서의 재능이 가장 잘 드러난 작품은 바로 「오이디푸스 왕(Oidipous Tyrannos)」이다. 소포클레스는 전지전능한 신의 계시와 운명 속에서 고군분투하는 개인의 고뇌와 갈등을 탄탄한 서사를 바탕으로 논리적으로 그려 냈으며, 문학적 재미 또한 놓치지 않았다. 더불어 그는 이 작품을 통해 인간에 대한 연민과 사랑을 보여 주었다. 이 때문에 「오이디푸스 왕」은 수세기가 지난 오늘날까지 위대한 고전으로서 많은 사람의 사랑을 받고 있다.

소포클레스는 긴 생애 동안 수많은 작품을 남겼지만 현전하는 것은 「아이아스(Aias)」, 「안티고네(Antigone)」, 「오이디푸스 왕(Oidipous Tyrannos)」, 「엘렉트라(Elektrai)」, 「트라키스의 여인들(Trāchiniai)」, 「필로크테테스(Philoktetes)」, 「콜로노스의 오이디푸스(Oidipous epi Kolōnōi)」 7편뿐이다.

소포클레스는 극작가뿐만 아니라 정치가로도 활약했다. 기원전 445년, 델로스(Delos) 동맹이 결성되었을 때 아테네 동맹국의 재정을 통괄하는 재정관에 선출되었다. 기원전 443년에는 지휘관으로, 기원전 440년에는 장군으로 임명되어 사모스(Samos)섬 원정에 출전하기도 했다.

이처럼 소포클레스는 평생 동안 조국 아테네에서 살면서 위대한 작가로서, 정치가로서 모범을 보이며 많은 시민의 존경과 사랑을 받았다. 이렇듯 명예롭고 행복한 삶을 살았던 소포클레스는 기원전 406년 90세를 일기로 아테네에서 생을 마감한다.

2. 작품 내용 살펴보기

소포클레스는 고대 그리스 희곡 문학사에서 가장 먼저 언급되는 극작가다. 그의 대표작 「오이디푸스 왕」은 그리스 신화에 바탕을 둔 정교한 플롯과 탄탄한 전개, 반전에 반전을 거듭하는 흥미로운 요소가 더해져 그의 수많은 희곡 중에 가장 위대한 비극으로 손꼽히고 있다.

「오이디푸스 왕」의 내용을 언급하기에 앞서 이 작품의 바탕이 된 '오이디푸스 신화'에 대해 간략히 살펴보겠다.

전설에 따르면, 아게노르의 아들 카드모스가 아테네 북쪽에 있는 테베에 나라를 건설했다고 한다. 훗날 카드모스의 자손 라브다코스가 라이오스를 낳고, 라이오스는 이오카스테와 결혼해 아들을 낳는다. 하지만 라이오스 부부가 아이를 낳자마자 아폴론의 비극적인 신탁이 내려지는데, 그것은 바로 아이가 자라 나중에 그의 아버지를 살해하고 어머니와 결혼하게 된다는 것이었다. 겁이 난 라이오스와 이오카스테는 아이를 죽이려고 마음먹지만, 차마 죽일 수 없어 목동을 시켜 아이의 두 발을 묶은 뒤 산에다 버리라고 지시한다. 하지만 목동 역시 아이를 죽게 내버려 둘 수 없었기에 이웃 나라 코린트에 사는 목동에게 키워 달라고 부탁한다.

시간이 흐른 뒤, 목동은 자식이 없는 코린트 왕에게 아이를 데려가고, 왕은 아이를 양자로 삼은 뒤 '오이디푸스'라는 이름을 지어 준다. 자신이 양자라는 사실을 모른 채 왕과 왕비의 사랑을 듬뿍 받고 자란 오이디푸스는 어느 날, 자신이 아버지를 살해하게 될 것이라는 신탁을 듣고 코린트를 떠나기로 결심한다.

오이디푸스는 테베로 가던 중 한 노인을 만나게 된다. 노인은 수수께끼를 풀지 못하면 무자비하게 사람을 죽이는 스핑크스를 퇴치하기 위해 그를 만나러 가는 길이었다. 하지만 두 사람은 서로 먼저 길을 가려다가 싸움이 벌어지고, 화가 난 오이디푸스는 노인과 그의 호위병들을 살해한다. 오이디푸스에게 살해된 노인은 바로 오이디푸스의 친부인 라이오스 왕이었다. 그토록 피하려 했던 첫 번째 신탁이 실현된 것이다.

오이디푸스는 테베에 도착해 스핑크스의 수수께끼를 풀어 그를 물리친다. 그는 괴물을 물리친 공을 인정받아 테베의 왕이 된다. 오이디푸스는 선왕의 아내이자 자신의 친모인 이오카스테와 결혼해 자식을 낳는다. 두 번째 신탁이 실현된 것이다.

테베는 평온하고 행복한 나날이 지속된다. 하지만 오이디푸스의 악행을 더 이상 방관할 수 없었던 신들은 테베에 역병과 기근이 들도록 저주를 내린다. 계속되는 고통에 괴로워하던 백성들은 오이디푸스를 찾아가 구원을 요청한다.

이렇듯 오이디푸스 신화는 「오이디푸스 왕」과 「안티고네」의 바탕이 된다. 따라서 오이디푸스 신화를 이해하는 것은 이 작품들을 이해하는 데 있어 반드시 선행되어야 한다.

1) 「오이디푸스 왕」

「오이디푸스 왕」은 역병과 기근으로 신음하는 백성들의 탄원과 이에 응답하는 오이디푸스의 대사로 시작된다.

> **사제** 이 도시는 땅의 열매를 담은 이삭들이나
> 목장에서 풀을 뜯는 소 떼가 그러하며
> 여인들은 아이를 낳지 못하는 등
> 죽음에 가득 차 있나이다.
> 게다가 불을 가져오는 신이
> 적대적인 역병이 도시를 몰아가고,
> 카드모스의 집은 전염병으로 가득 차 비어 가고
> 어두운 하데스는 신음과 눈물로 가득 찼습니다.

> **오이디푸스** 우리를 오염시킨 것은 무엇이며,

어떻게 정화하라 하시던가?

크레온 사람을 추방하거나

피는 피로 정화하라고 하셨습니다.

그 피가 우리 도시에 폭풍을 불러일으켰다고 합니다.

오이디푸스 대체 어떤 사람의 불운을

신께서 말씀하시는 것인가?

크레온 왕이시여! 당신이 이 도시를

원활하게 통치하시기 전에는

우리의 통치자가 라이오스(오이디푸스 아버지)였습니다.

오이디푸스 잘 알지만 우리는 서로 본 적이 없어.

크레온 그분은 피살되셨습니다.

신께서는 살해한 자에게 보복하라고 분명히 명했습니다.

오이디푸스의 처남인 크레온은 선왕 라이오스를 살해한 자를 찾아내 벌을 내리라는 신탁을 가져온다. 오이디푸스가 눈먼 예언자 테이레시아스에게 선왕을 살해한 자가 누구인지 캐묻자, 그는 대답을 주저한다. 성미가 급한 오이디푸스는 그에게 몹시 화를 낸다.

테이레시아스 그대가 왕이기는 하지만

반론권은 공평하게 가지고 있어야 하오.

나도 그럴 권리가 있으니까.

나는 당신의 노예가 아니라
록시아스(아폴론의 또 다른 이름)의 종으로
살아가니까요. 그러니 크레온을 후견인으로 삼거나
그 밑에 등재되지는 않을 거요.
눈먼 것까지 나를 조롱하니 하는 말인데,
오히려 그대는 눈이 있어도 보지 못하고 있소.
그대가 어떤 불행에 빠졌는지, 어디서 사는지,
누구와 사는지 말이오. 그대가 누구 자손인지 아시오?
그대는 저 아래 있는 사람이든, 땅 위에 있는 사람이든
그대 친족들에게까지 원수입니다.
언젠가 당신 어머니와 아버지의 저주가
이 땅에서 그대를 쫓아낼 것이오.
지금은 볼 수 있지만, 그때가 되면
그 눈도 멀 것이오.

테이레시아스는 오이디푸스에게 불길한 예언을 한다. 이에 몹시 화가 난 오이디푸스는 자신을 음해하기 위한 계략이라는 생각에 그를 쫓아내고, 처남 크레온을 의심하기 시작한다. 오이디푸스는 크레온이 음모를 꾸몄다고 몰아가고, 이 일로 오이디푸스와 크레온은 언쟁을 벌인다. 하지만 이오카스테에게 선왕이 살해되었을 당시의 이야기를 듣자, 오이디푸스는 과거에 자신이 저질렀던 일을 어렴풋이 떠올린다. 그는

라이오스가 살해당했을 때 함께 있었던 자를 부르라고 명한다.

그러던 어느 날, 코린트에서 온 사자(使者)가 오이디푸스의 양부 코린트 왕이 사망했다는 소식을 전한다. 이 비극적인 소식은 자신이 아버지를 살해할 것이라는 신탁이 틀렸음을 증명하는 것이었기에 오이디푸스에게는 한편으로 희망적인 메시지로 다가온다. 하지만 자신이 어머니와 결혼하게 될 것이라는 신탁이 남아 있었기에 오이디푸스는 코린트 왕의 장례식에 가기를 주저한다. 그런 그를 지켜보며 안타까워하던 사자는 코린트 왕이 오이디푸스의 친부가 아니며, 자신이 갓난아기였던 오이디푸스를 데려다준 사람이라며 그에게 모든 사실을 고백한다. 그리고 그는 자세한 이야기는 목동이 알고 있을 거라고 덧붙인다. 이 이야기를 들은 이오카스테는 오이디푸스에게 더 이상 사건을 파헤치지 말아 달라고 부탁하지만 그는 그녀의 청을 거절하고, 모든 진실을 알게 된 이오카스테는 스스로 목숨을 끊는다.

마지막 장은 사건의 진실을 알고 있는 목동의 이야기다. 그는 사건의 전말에 대해 말하기를 주저하지만, 오이디푸스는 진실을 알고 싶어서 그를 집요하게 추궁한다.

코러스장 끔찍한 일을 당한 왕이시여,
　　　어찌해 스스로 눈을 멀게 하였나이까.

도대체 어떤 신이 부추겼습니까?

오이디푸스 (노래한다.) 그것은 아폴론, 아폴론이었소.

나의 불행과 고통을 완성한 분은.

하지만 눈을 찌른 것은

가련한 내 손이 그렇게 한 것이오.

앞을 보고도 즐거운 일이 없는데

내가 눈을 뜨고 있을 이유가 무엇이 있겠소.

마침내 사건의 진실이 드러나고, 테베의 선왕 라이오스를 살해한 자가 누구인지 밝혀진다. 그토록 피하고 싶었던 신탁이 실현되었다는 사실 또한 알게 된 오이디푸스는 비탄에 잠겨 절규한다. 그는 먼저 세상을 떠난 이오카스테의 황금 브로치로 자신의 눈을 찌르고 속죄의 길을 걷는다.

2) 「안티고네」

「오이디푸스 왕」에서 유배를 떠났던 오이디푸스는 「콜로노스의 오이디푸스」에서 죽음을 맞이한다. 「안티고네」는 오이디푸스가 죽은 뒤, 그의 자식들 사이에서 벌어지는 비극을 다룬 작품이다.

아버지 오이디푸스가 죽자, 큰아들 폴리네이케스와 작은아들 에테오클레스 사이에 싸움이 벌어진다. 폴리네이케스는 아르고스로 가서 그 나라 공주와 결혼한 뒤, 일곱 장수들을 이끌고 테베를 공격한다. 에테오클레스는 자신의 조국 테베를 위해 형과 맞서 싸운다. 이 전쟁에서 결국 테베가 승리하게 되고, 형제는 목숨을 잃는다. 그러자 테베의 왕 크레온은 조국을 위해 장렬하게 전사한 에테오클레스의 장례를 성대하게 치르라고 명한다. 하지만 조국의 원수 폴리네이케스의 시체는 장례는커녕 들판에 그대로 방치하라고 명하며, 이를 어길 시 극형에 처해질 거라고 선언한다.

안티고네 나는 너에게 강요하지는 않겠어.

설령 네가 함께한다고 해도 달갑지 않을 거야.

너는 하고 싶은 걸 선택해.

나는 오빠를 묻어 드려야겠어.

그렇게 도리를 하고 죽는다는 것은 아름다운 일이지.

나는 누이로서 책임을 다하고 오빠 시신 옆에 묻히겠지.

경건한 범죄를 저지르고 나면

이곳 사람들보다 지하에 계시는 이들의

마음에 들어야 할 시간이 더 길 테니 말이야.

나는 그곳에서 영원히 누워 있게 되겠지.

그런데 네가 오빠를 배신하고 싶다면

신들께 바쳐질 존중을 버리게 되는 것이야.

이스메네 존중하지 않는 게 아니에요.

하지만 내게는 왕권에 대항할 힘이 없는걸요.

안티고네 그건 핑계에 불과해.

그래도 나는 오빠를 위해 무덤을 만들겠어.

모든 백성은 왕의 명령에 따르지만, 이를 두고 볼 수 없었던 폴리네이케스의 여동생 안티고네는 오빠의 시체를 매장하기로 마음먹는다. 이스메네는 언니 안티고네를 걱정하며 법도에 따르기를 원하지만, 안티고네는 신의 뜻에 따르려는 자신의 결심을 바꾸지 않는다. 이렇듯 「안티고네」는 안티고네의 오빠 폴리네이케스의 매장을 둘러싼 테베 왕 크레온과 안티고네의 대립과 갈등이 핵심을 이룬다.

안티고네는 신의 법, 즉 양심과 국법 중에서 양심을 택한다. 국법을 어긴 죄로 사형을 선고받는 비극을 겪는 인물이지만, 그녀는 절대 이러한 현실 앞에서 굴복하지 않는다.

안티고네 저는 또 그대의 포고가 신들의 확고한 법을

필멸의 인간이 무시할 수 있을 만큼

강력하다고 생각하지 않았지요.

그 법은 어제오늘만 존재한 것이 아니라

영원히 살아 있고,

어디서 왔는지 아무도 모르기 때문입니다.

한 남자의 뜻이 두렵다고 신의 법을 어기면서

신들 앞에서 벌을 받고 싶지 않았습니다.

저는 언젠가는 죽을 것이라는 걸 잘 알고 있습니다.

그 법이 없었더라도 말입니다.

하지만 제가 때가 되지 않아 죽는다고 해도

이득이라는 생각을 했습니다.

누구든지 저처럼 큰 고통 속에서 살아가고 있다면

죽는 것이야말로 이득이라고 생각하지 않겠습니까?

저는 제 운명이 전혀 두렵지 않습니다.

어머니의 아들이, 제 가족이 묻히지 않고

밖에 내버려진다면 그것은 큰 고통이었을 겁니다.

이제는 조금도 고통스럽지 않아요.

당신이 보기에 제 행동이 어리석어 보였다면

왕이야말로 어리석은 것입니다.

　

　당시 그리스 사회에서는 죽은 사람을 제대로 매장하지 않으면 영혼이 안식을 취할 수 없다는 믿음이 팽배했다. 이렇듯 장례 의식은 매우 중요하고도 숭고한 의미를 지니고 있었기에, 다른 사람도 아닌 자신의 오빠의 시체를 매장하지 못하는 일은 안티고네에게 있어 신의 뜻을 거스르는 일이었던 것이다. 이처럼 국법을 어기면서도 자신의 의지를 굽히지 않았던 안티고네의 당당함과 왕이라는 권력을 쥔 크레온의 오만함이 충돌하며 두 사람은 비극의 길을 걷는다.

안티고네는 반역의 죄로 산속 동굴에 버려지는 형벌을 받
게 된다. 하지만 그녀는 이 형벌을 수행하는 대신 스스로 목
숨을 끊는 길을 택한다. 그녀를 사랑했던, 크레온의 아들 하
이몬은 안티고네의 죽음을 목격한 뒤 비탄에 잠겨 스스로 목
숨을 끊는다. 비극은 여기서 그치지 않는다. 아들이 죽었다는
소식을 들은 왕비 에우리디케 역시 목숨을 끊고 그의 뒤를 따
른다.

코러스장 아, 너무 늦게 정의를 깨달으신 것 같군요.

크레온 (노래한다) 아, 슬프도다.

　　나는 비참함에 빠지고 나서야 제대로 배웠소.

　　이는 분명 어떤 신이 내 머리를

　　엄청난 무게로 내리치시며

　　나를 잘못된 길로 내동댕이친 것이구나.

　　아, 즐거움을 잃고 짓밟혀 버렸구나.

　　아, 고통에서 벗어나려는 인간들의 헛된 노력이여!

크레온 (노래한다.) 그대들은 나를

　　길 밖으로 데려가거라. 이 어리석은 나를!

　　나는 뜻하지 않게 내 아들을 죽였구나. 내 아내까지도.

　　아, 너무나도 비통하고 비참하구나.

　　나는 어디를 보고, 어디로 향해야 하는가.

내 손에 있던 모든 것은 기울어져 버리고
내 머리 위로 참을 수 없는 운명이 달려들었으니.
코러스장 (큰 소리로) 지혜야말로 으뜸가는
행복의 바탕이로다. 그리고 신들에 대한 경의는
침범당하지 않으리. 오만한 자들의 소리는
큰 타격과 희생을 치르고 늙어서야 지혜를 가르친다네.

얼마 후, 사자가 크레온에게 그의 아들 하이몬과 왕비가 죽었다는 소식을 전한다. 아들과 아내의 죽음이라는 잇단 비극을 겪은 크레온은 고통으로 신음하며 절규한다. 인간에 대한 사랑과 존엄성보다는 권위와 오만으로 가득했던 크레온이 저지른 과오는 혈육의 죽음으로 말미암은 비극으로 단죄된다.

3. 마치며

「오이디푸스 왕」을 단순히 오이디푸스가 부친을 살해하고 어머니와 근친상간을 하는 패륜에만 초점을 둔다면, 이는 지극히 단편적이고 지엽적인 해석에 머무는 것이다. 오이디푸스가 스핑크스의 수수께끼를 하나씩 풀어 가며 자기 자신이 누구인지 정체성을 찾아가는 과정에 주목하며 읽는다면, 독자들은 이 작품을 보다 넓고 깊게 감상할 수 있을 것이며 더 많은 것을 얻게 될 것이다.

아무리 저항해도 벗어날 수 없는 신탁, 즉 신이 정해 준 운명은 나약하고 불완전한 인간이 절대 피할 수 없는 무시무시한 힘이다. 신이라는 절대자 앞에서 인간은 그저 무력한 피조물일 수밖에 없는, 인간의 운명에 대한 결정론적인 입장은 당시 그리스인을 지배하고 있었던 일반적인 관점이다. 소포클레스 역시 그러한 관점에서 이 작품을 집필한 것으로 보인다.

하지만 이 작품의 주제를 '신이 정해 준 비극적 운명에 따른 인간의 파멸'이라고 단정 짓는 것은 조금 섣부른 감이 있다. 결론적으로 오이디푸스는 신탁에 굴복하지만 끝까지 굳건하고 의연했으며, 비극적 최후에 괴로워하면서도 스스로 자신의 눈을 찌르며 단죄하는 모습을 보이기 때문이다.

「안티고네」에서는 오이디푸스의 강직한 기질을 이어받은 그의 큰딸이 주인공으로 등장한다. 안티고네는 오이디푸스 왕의 딸이라는 고귀한 신분에서 한순간에 국법을 어긴 반역자로 낙인찍혀 파멸하게 되지만, 끝까지 의지를 굽히지 않고 자신의 신념을 믿는다. 비극적 운명 앞에서도 좌절하지 않고, 당당히 고개를 들고 시련을 온몸으로 받아들인 그녀에게 우리는 연민을 느낄 수밖에 없다.

권력자로서의 오만함이 자초한 크레온의 비극 역시 안타깝지만, 이미 안티고네에게 기운 독자들의 마음을 쉽게 돌려놓을 수는 없을 것이다. 하지만 크레온 또한 인간이라는 불완전한 존재이기에 그의 과오 역시 이해하고 포용해야 할 '인간적인 결함'이다.

비극적 운명이라는 굴레에 갇힌 인간의 모습을 대변한 오이디푸스의 속죄 의식과 자아 성찰, 아버지와 마찬가지로 비극적 운명을 계승하지만 그러한 운명에 굴복하지 않고 당당히 맞서는 안티고네의 모습은 "인간은 파멸할 수 있을지는 몰라도 패배할 수는 없다."라는 『노인과 바다』의 헤밍웨이의 말을 떠올리게 한다. 따라서 우리는 이 작품들을 통해 인간이라는 불완전하고 나약한 존재에 서린 한 줄기 희망의 빛을, 운명 앞에서 절대 패배하지 않는 인간의 힘을 보게 될 것이다.

작가 연보

- **기원전 496년** 아테네 교외의 콜로노스에서 출생함.
- **기원전 468년** 비극 경연 대회에서 우승함.
- **기원전 440년대** 「아이아스」, 「트라키스의 여인들」, 「안티고네」를 상연함.
- **기원전 445년** 아테네 동맹국의 재정을 통괄하는 재정관에 선출됨.
- **기원전 425년** 「오이디푸스 왕」을 상연함.
- **기원전 413년** 시리아 원정 실패 후 10인의 조언자 중 하나로 활동함.
- **기원전 410년** 「엘렉트라」를 상연함.
- **기원전 409년** 「필로크테테스」가 비극 경연 대회에서 우승을 차지함.
- **기원전 406년** 아테네에서 사망함.

생각뿔 │ 세계문학 미니북 클라우드 라이브러리

거장의 숨소리를 만나는 특별한 여행

001 │ 위대한 개츠비 × F. 스콧 피츠제럴드 Francis Scott Key Fitzgerald

• 〈타임〉 선정 '현대 100대 영문 소설' • 랜덤하우스 선정 '20세기 100대 영문 소설' 2위
• BBC 선정 '반드시 읽어야 할 고전'

002 │ 동물농장 × 조지 오웰 George Orwell

• 〈타임〉 선정 '현대 100대 영문 소설' • 미국 대학위원회 SAT 추천 도서 • 〈뉴스위크〉 선정
'세계 100대 명저' • BBC 선정 '지난 1,000년간 최고의 문학가' 3위

003 │ 노인과 바다 × 어니스트 헤밍웨이 Ernest Hemingway

• 노벨 연구소 선정 '세계 문학 100대 작품' • 〈뉴스위크〉 선정 '세상을 움직인 100권의 책'
• 우리나라 문인이 가장 선호하는 '세계 문학 100선'

004 │ 데미안 × 헤르만 헤세 Herman Hesse

• 미국 대학위원회 SAT 추천 도서 • 1946년 노벨 문학상 수상 작가 • 우리나라 문인이 가
장 선호하는 '세계 문학 100선'

005 006 007 │ 오만과 편견 × 제인 오스틴 Jane Austen

• 미국 대학위원회 SAT 추천 도서 • 노벨 연구소 선정 '세계 문학 100대 작품'
• BBC 선정 '지난 1,000년간 최고의 문학가' 2위

008 009 │ 1984 × 조지 오웰 George Orwell

• 〈타임〉 선정 '현대 100대 영문 소설' • 〈뉴스위크〉 선정 '역대 세계 최고의 책' 2위
• BBC 선정 '지난 1,000년간 최고의 문학가' 3위

010 │ 이방인 × 알베르 카뮈 Albert Camus

• 미국 대학위원회 SAT 추천 도서 • 1957년 노벨 문학상 수상 작가 • 노벨 연구소 선정 '세
계 문학 100대 작품' • 우리나라 문인이 가장 선호하는 '세계 문학 100선'

011 | 젊은 베르테르의 슬픔 × 요한 볼프강 폰 괴테 Johann Wolfgang von Goethe
- 미국 대학위원회 SAT 추천 도서
- 서울대학교 선정 '세계 문학 작품 100'

012 013 | 페스트 × 알베르 카뮈 Albert Camus
- 1957년 노벨 문학상 수상 작가 • 서울대학교 선정 '고전 200선'
- 국립중앙도서관 선정 '고전 100선'

014 | 인간 실격 × 다자이 오사무 Dazai Osamu
- 〈뉴욕타임스〉 선정 '일본 문학'

015 | 변신 × 프란츠 카프카 Franz Kafka
- 미국 대학위원회 SAT 추천 도서 • 서울대학교 선정 '권장 도서 100선'
- 연세대학교 선정 '필독 도서 200선'

016 017 | 그리스인 조르바 × 니코스 카잔차키스 Nikos Kazantzakis
- 미국 대학위원회 SAT 추천 도서 • 노벨 연구소 선정 '세계 문학 100대 작품'
- 우리나라 문인이 가장 선호하는 '세계 문학 100선'

018 | 지킬박사와 하이드 × 로버트 루이스 스티븐슨 Robert Louis Stevenson
- 아마존 선정 '일생에 읽어야 할 100권의 책'
- 〈옵서버〉 선정 '가장 위대한 소설 100권'
- 우리나라 문인이 가장 선호하는 '세계 문학 100선'

019 | 사람은 무엇으로 사는가 × 레프 니콜라예비치 톨스토이 Leo Nikolayevich Tolstoy
- 영어권 문학가들이 뽑은 '가장 좋아하는 작가'

020 | 어린 왕자 × 앙투안 드 생텍쥐페리 Antoine Marie Roger De Saint Exupery
- 아마존 선정 '일생에 읽어야 할 100권의 책'
- 우리나라 교수들이 뽑은 '다시 읽고 싶은 책 33선' 10위

021 | 오 헨리 단편선 × 오 헨리 O. Henry
- 서울대학교 추천 도서 • 서울시 교육청 추천 도서

022 | 수레바퀴 아래서 × 헤르만 헤세 Herman Hesse
• 1946년 노벨 문학상 수상 작가 • 서울대학교 선정 '고전 200선'

023 | 프랑켄슈타인 × 메리 셸리 Mary Shelley
• 〈옵서버〉 선정 '가장 위대한 소설 100권'
• 〈뉴스위크〉 선정 '세계 100대 명저'

024 | 사양 × 다자이 오사무 Dazai Osamu
• 다자이 오사무 최고의 베스트셀러

025 | 탈무드 × 유대인 랍비들 Jewish Rabbis
• 5,000년 유대인 지혜의 책

026 | 싯다르타 × 헤르만 헤세 Herman Hesse
• 1946년 노벨 문학상 수상 작가

027 | 햄릿 × 윌리엄 셰익스피어 William Shakespeare
• 미국 대학위원회 SAT 추천 도서 • 〈뉴스위크〉 선정 '세계 100대 명저'
• 서울대학교 선정 '권장 도서 100선' • 국립중앙도서관 선정 '청소년 권장 도서'

028 | 인형의 집 × 헨리크 입센 Henrik Ibsen
• 2001년 자필 원고 유네스코 세계기록유산 지정

029 030 | 안나 카레니나 × 레프 톨스토이 Leo Nikolayevich Tolstoy
• 〈옵서버〉 선정 '인류 역사상 가장 훌륭한 책' • BBC 선정 '반드시 읽어야 할 고전'
• 〈뉴스위크〉 선정 '세계 100대 명저' • 서울대학교 선정 '권장 도서 100선'

031 032 | 마담 보바리 × 귀스타브 플로베르 Gustave Flaubert
• 미국 대학위원회 SAT 추천 도서 • 〈뉴스위크〉 선정 '세계 최고의 책 50선'

033 | 체호프 단편선 × 안톤 체호프 Anton Pavlovich Chekhov
• 노벨 연구소 선정 '세계 문학 100대 작품'
• 1888년 푸시킨상 수상 작가

034 035 | 도리언 그레이의 초상 × 오스카 와일드 Oscar Wilde
- 미국 대학위원회 SAT 추천 도서
- 〈동아일보〉 선정 '우리나라 명사들의 추천 도서'

036 | 로미오와 줄리엣 × 윌리엄 셰익스피어 William Shakespeare
- 미국 대학위원회 SAT 추천 도서
- 서울대학교 선정 '동서 고전 200선'

037 | 에드거 앨런 포 단편선 × 에드거 앨런 포 Edgar Allan Poe
- 미국 대학위원회 SAT 추천 도서 • 노벨 연구소 선정 '세계 문학 100대 작품'

038 | 지하로부터의 수기 × 표도르 미하일로비치 도스토옙스키 Fjodor Mikhailovich Dostoevskii
- 최초의 실존주의 소설
- 도스토옙스키의 사상적 전환이 담긴 작품

039 | 자기만의 방 × 버지니아 울프 Adeline Virginia Woolf
- 〈르몽드〉 선정 '20세기 최고의 책 100권'

040 | 리어왕 × 윌리엄 셰익스피어 William Shakespeare
- 미국 대학위원회 SAT 추천 도서
- 〈뉴스위크〉 선정 '세계 100대 명저'
- 〈가디언〉 선정 '권장 도서'

*** | 예언자 × 칼릴 지브란 Kahlil Gibran
- 성경 다음으로 많이 읽힌 책

*** | 적과 흑 1~2 × 스탕달 Stendhal
- 국립중앙도서관 선정 '청소년 권장 도서'

*** | 폭풍의 언덕 × 에밀리 브론테 Emily Bronte
- 미국 대학위원회 SAT 추천 도서 • BBC 선정 '반드시 읽어야 할 고전'
- 〈옵서버〉 선정 '인류 역사상 가장 훌륭한 책'
- 국립중앙도서관 선정 '청소년 권장 도서'

*** | 독일인의 사랑 × 프리드리히 막스 뮐러 Friedrich Max Müller
- 한국출판문화산업진흥원 선정 '대학 신입생 추천 도서'

*** | 이상한 나라의 앨리스 × 루이스 캐럴 Lewis Carroll
- BBC 선정 '영국인이 즐겨 읽은 책 100선' • 영국 최고 아동 도서 50선

*** | 두 도시 이야기 × 찰스 디킨스 Charles John Huffam Dickens
- 미국 대학위원회 SAT 추천 도서 • 미국 하버드대학교 선정 '신입생 추천 도서'

*** | 오페라의 유령 × 가스통 르루 Gaston Leroux
- 세계 4대 뮤지컬인 〈오페라의 유령〉 원작

*** | 월든 × 헨리 데이비드 소로 Henry David Thoreau
- 미국 대학위원회 SAT 추천 도서

*** | 킬리만자로의 눈 × 어니스트 헤밍웨이 Ernest Hemingway
- 1954년 노벨 문학상 수상 작가

*** | 오즈의 마법사 × 라이먼 프랭크 바움 L. Frank Baum
- 미국 대학위원회 SAT 추천 도서
- 연세대학교 선정 '필독 도서'

*** | 레 미제라블 1~5 × 빅토르 위고 Victor Marie Hugo
- 세계 4대 뮤지컬인 〈레 미제라블〉 원작 • WTO 북클럽 추천 도서

*** | 파우스트 1~2 × 요한 볼프강 폰 괴테 Johann Wolfgang von Goethe
- 미국 대학위원회 SAT 추천 도서 • 서울대학교 선정 '권장 도서 100선'
- 국립중앙도서관 선정 '청소년 권장 도서'

*** | 바냐 아저씨 × 안톤 체호프 Anton Pavlovich Chekhov
- 서울대학교 선정 '동서 고전 100선'

*** | 바람이 분다 × 호리 다쓰오 Tatsuo Hori
- 애니메이션 〈바람이 분다〉 원작

*** | 세 가지 질문 × 레프 니콜라예비치 톨스토이 Leo Nikolayevich Tolstoy
- 영어권 문학가들이 뽑은 '가장 좋아하는 작가'

*** | 맥베스 × 윌리엄 셰익스피어 William Shakespeare
- 미국 대학위원회 SAT 추천 도서 • 서울대학교 선정 '권장 도서 100선'
- 연세대학교 선정 '필독 도서 200선' • 국립중앙도서관 선정 '청소년 권장 도서'

*** | 외투 · 코 × 니콜라이 바실리예비치 고골 Nikolai Vasilievich Gogol
- 러시아 단편 소설의 모태가 된 작품

*** | 좁은 문 × 앙드레 지드 Andr-Paul-Guillaume Gide
- 1947년 노벨 문학상 수상 작가

*** | 벚꽃 동산 × 안톤 체호프 Anton Pavlovich Chekhov
- 세계 3대 단편 소설 작가의 극작품 • 1888년 푸시킨상 수상 작가

*** | 벤자민 버튼의 시간은 거꾸로 간다 × F. 스콧 피츠제럴드 Francis Scott Key Fitzgerald
- 영화 〈벤자민 버튼의 시간은 거꾸로 간다〉 원작

*** | 눈의 여왕 × 한스 크리스티안 안데르센 Hans Christian Andersen
- 노벨 연구소 선정 '세계 문학 100대 작품' • 세계를 움직인 100권의 책

*** | 개를 데리고 다니는 여인 × 안톤 체호프 Anton Pavlovich Chekhov
- 노벨 연구소 선정 '세계 문학 100대 작품' • 서울대학교 선정 '고전 200선'
- 1888년 푸시킨상 수상 작가

*** | 이솝 이야기 × 이솝 Aesop
- 서울 독서교육연구회 권장 도서 • 어린이 독서위원회 권장 도서

*** | 무기여 잘 있거라 × 어니스트 헤밍웨이 Ernest Hemingway
- 1954년 노벨 문학상 수상 작가

*** | 네 개의 서명 × 아서 코난 도일 Arthur Conan Doyle
- BBC 드라마 〈셜록〉 원작

*** | 배스커빌가의 개×**아서 코난 도일** Arthur Conan Doyle
- BBC 드라마 〈셜록〉 원작

*** | 미녀와 야수×**잔 마리 르 프랭스 드 보몽** Jeanne-Marie Leprince de Beaumont
- 애니메이션 〈미녀와 야수〉 원작

*** | 공포의 계곡×**아서 코난 도일** Arthur Conan Doyle
- BBC 드라마 〈셜록〉 원작

*** | 주홍색 연구×**아서 코난 도일** Arthur Conan Doyle
- BBC 드라마 〈셜록〉 원작

*** | 제인 에어 1~2×**샬럿 브론테** Charlotte Bronte
- 〈옵서버〉 선정 '인류 역사상 가장 훌륭한 책' · 〈가디언〉 선정 '세계 100대 최고의 책'
- BBC 선정 '반드시 읽어야 할 고전' · 미국 대학위원회 SAT 추천 도서

*** | 피아노 치는 여자×**엘프리데 엘리네크** Elfriede Jelinek
- 2004년 노벨 문학상 수상 작가

*** | 왼손잡이×**니콜라이 레스코프** Nikolai Semyonovich Leskov
- 러시아 사람들이 가장 좋아하는 소설

*** | 마음×**나쓰메 소세키** Natsume Sosek
- 서울대학교 선정 '권장 도서 100선'

*** | 실낙원 1~2×**존 밀턴** John Milton
- 단테의 『신곡』과 함께 '최고의 기독교 서사시'로 꼽히는 작품

*** | 복낙원×**존 밀턴** John Milton
- 기독교 서사시 『실낙원』의 속편

*** | 테스 1~2×**토머스 하디** Thomas Hardy
- 미국 대학위원회 SAT 추천 도서 · BBC 선정 '영국인이 사랑한 도서 100선'
- 서울대학교 선정 '고등학생 권장 도서 100선'

*** | 어머니 이야기 × 한스 크리스티안 안데르센 Hans Christian Andersen
- 1846년 덴마크 단네브로 훈장 수상 작가

*** | 야간 비행 × 앙투안 드 생텍쥐페리 Antoine Marie Roger De Saint Exupery
- 1931년 페미나 문학상 수상 작가

*** | 톰 소여의 모험 × 마크 트웨인 Mark Twain
- 1876년 출간 이후 절판된 적이 없는 스테디셀러

*** | 포로기 × 오오카 쇼헤이 Shohei Ooka
- 제1회 요코미쓰 리이치상 수상 작가

*** | 인공호흡 × 리카르도 피글리아 Ricardo Piglia
- 1997년 플라네타상 수상 작가
- 아르헨티나 작가 선정 '아르헨티나 역사상 가장 위대한 10대 소설'

*** | 정글북 × 조지프 러디어드 키플링 Joseph Rudyard Kipling
- 1907년 노벨 문학상 최연소 수상 작가 • 애니메이션, 영화 〈정글북〉 원작

*** | 신곡-연옥 × 단테 알리기에리 Alighieri Dante
- 미국 대학위원회 SAT 추천 도서 • 〈뉴스위크〉 선정 '세계 100대 명저'
- 서울대학교 선정 '권장 도서 100선' • 국립중앙도서관 선정 '고전 100선'

*** | 황금 물고기 × J.M.G. 르 클레지오 Jean-Marie-Gustave Le Clezio
- 2008년 노벨 문학상 수상 작가

*** | 판탈레온과 특별봉사대 × 마리오 바르가스 요사 Mario Vargas Llosa
- 〈포린 폴리시〉 선정 '가장 영향력 있는 지식인 100인' • 1994년 세르반테스상 수상 작가

*** | 잠자는 숲속의 공주 × 샤를 페로 Charles Perrault
- 애니메이션 〈잠자는 숲속의 공주〉 원작

*** | 나귀 가죽 × 오노레 드 발자크 Honore de Balzac
- 작가의 '철학 연구'의 첫 번째 자리에 배치된 작품

*** | 노예 12년 × 솔로몬 노섭 Solomon Northup
• 영화 〈노예 12년〉 원작

*** | 둔황 × 이노우에 야스시 Yasushi Inoue
• 1960년 제1회 마이니치예술대상 수상작 • 1976년 일본 문화 훈장 수상 작가

*** | 어느 어릿광대의 견해 × 하인리히 뵐 Heinrich Boll
• 1972년 노벨 문학상 수상 작가

*** | 웃는 남자 1~3 × 빅토르 위고 Victor Marie Hugo
• 영화, 뮤지컬 〈웃는 남자〉 원작 • 한국간행물윤리위원회 선정 '청소년 권장 도서'

*** | 휴먼 스테인 × 필립 로스 Philip Roth
• 1997년 퓰리처상 소설 부문 수상 작가

*** | 바보들을 위한 학교 × 사샤 소콜로프 Sasha Sokolov
• 1996년 푸시킨 메달 수상 작가

*** | 톰 아저씨의 오두막 1~2 × 해리엇 비처 스토 Harriet Beecher Stowe
• 미국 최초의 밀리언셀러 소설

*** | 아버지와 아들 × 이반 세르게예비치 뚜르게네프 Ivan Sergeevich Turgenev
• 미국 대학위원회 SAT 추천 도서 • 서울대학교 선정 '동서 고전 200선'
• 우리나라 문인이 가장 선호하는 '세계 문학 100선'

*** | 베니스의 상인 × 윌리엄 셰익스피어 William Shakespeare
• BBC 선정 '지난 1,000년간 최고의 문학가' 1위

*** | 해부학자 × 페데리코 안다아시 Federico Andahazi
• 16세기에 실존한 해부학자 마테오 콜롬보를 다룬 소설

*** | 긴 이별을 위한 짧은 편지 × 페터 한트케 Peter Handke
• 1979년 카프카상 수상 작가

*** | **호텔 뒤락 × 애니타 브루크너** Anita Brookner
• 1984년 부커상 수상 작가 • 1990년 대영제국 커맨더 훈장 수상 작가

*** | **잔해 × 쥘리앵 그린** Julien Green
• 1970년 아카데미 프랑세즈 문학 대상 수상 작가

*** | **절망 × 블라디미르 나보코프** Vladimir Nabokov
• 1931년 독일의 살인 사건을 다룬 소설

*** | **더버빌가의 테스 × 토머스 하디** Thomas Hardy
• 1910년 공로 훈장 수상 작가

*** | **몰락하는 자 × 토마스 베른하르트** Thomas Bernhard
• 1983년 프레미오 몬델로상 수상 작가

*** | **한밤의 아이들 1~2 × 살만 루슈디** Salman Rushdie
• 문학사상 최초로 부커상 3회 수상 작품

생각뿔 세계문학 미니북 클라우드 라이브러리는 계속 출간됩니다.
*** 근간 목록은 발간 순에 따라 변경될 수 있습니다.

번역 및 해설 | 엄인정
국민대학교 국어국문학과를 졸업하고 동 대학원에서 국어교육학을 전공했다. 현재 단행본 편집과
영한 번역 업무를 병행하며 프리랜서로 활동 중이다. 옮긴 책으로는 『데미안』, 『톨스토이 단편선』,
『오만과 편견』, 『카프카 단편선』, 『그리스인 조르바』 등이 있다.

오이디푸스 왕

1판 1쇄 발행 2019년 4월 15일

지은이 소포클레스
옮긴이 엄인정
해설 엄인정
펴낸이 생각투성이
편집 신은주, 안주영, 김형아
디자인 생각을 머금은 유니콘
마케팅 김사랑

발행처 생각뿔
주소 서울시 서초구 반포동 66-1 코웰빌딩 102호
등록번호 제233-94-00104호
전화 02-536-3295
팩스 02-536-3296
커뮤니티 www.facebook.com/tubook2018 (페이스북)
e-mail tubook@naver.com
ISBN 979-11-89503-69-7 (04800)
        979-11-964400-8-4 (세트)

생각뿔은 '생각(Thinking)'과 '뿔(Unicorn)'의 합성어입니다.
신화 속 유니콘의 신성함과 메마르지 않는 창의성을 추구합니다.